Olivier Kourilsky

Marche ou greffe !

Polar

Suivi de

Mon meilleur ami

Nouvelle

Éditions Glyphe

Du même auteur chez le même éditeur

L'Étrange Halloween de M. Léo

Le Septième Péché. Prix du polar, Aumale

Homicide post mortem

Dernier Homicide connu

Homicide par précaution

Meurtre pour de bonnes raisons. Prix Littré

Meurtre avec préméditation

Meurtre à la morgue

 2e impression
85, avenue Ledru-Rollin – 75012 Paris
www.editions-glyphe.com

ISBN 978-2-35285-103-5

À mes amis greffés et dialysés
(certains depuis près de trente ans !)
pour l'exemple de courage
et d'énergie qu'ils me donnent
et tout ce qu'ils m'apportent.

Pour Gregory.
Il saura pourquoi
s'il arrive jusqu'au dernier chapitre !

« Chez toutes les femmes aussi,
l'instinct maternel s'éveille
dès que l'on fait appel à leur protection. »
Dracula, Bram Stoker

Avertissement au lecteur

Ce roman est une fiction. Toute ressemblance avec des événements ou des personnages réels serait une coïncidence.

L'activité de transplantation est très encadrée en France et, n'en déplaise aux amateurs de scandales, la situation décrite dans ce livre est improbable, même si la vigilance la plus stricte doit rester de mise, en particulier pour la greffe rénale à partir d'un donneur vivant.

Quant au village de Delaiseville, ne le cherchez pas sur la carte… C'est une invention du Docteur K!

Prologue

Juin 1944, près de Bayeux

– Feuer !

Les mitraillettes crépitent. Les vingt-deux otages s'écroulent au fur et à mesure que les balles les frappent. Les habitants du village assistent à la scène, muets d'horreur, en larmes. Presque tous ont un parent qui tombe devant le mur.

L'officier allemand qui a commandé le peloton passe au milieu des corps ensanglantés, achève ceux qui remuent encore d'une balle dans la tête.

– Que ça vous serve de leçon ! lance-t-il avec un fort accent aux spectateurs pétrifiés.

La troupe remonte dans les véhicules et quitte les lieux du massacre sans un regard pour les survivants.

Dès que le dernier camion a disparu, les villageois se précipitent vers les cadavres. La fumée des coups de feu ne s'est pas complètement dissipée.

On entend des gémissements, des sanglots.

Soudain, un cri :
– Ici, vite ! Gustave respire encore ! Il est vivant !

Chapitre I

Janvier 2017, à Paris

En société, Séverine Dombre affirmait volontiers ne jamais se fier à sa première impression. Celle-ci, précisait-elle, l'avait à plusieurs reprises induite en erreur. Pourtant, cette fois-ci, son impression se révéla exacte. Pour son plus grand malheur.

Lorsqu'elle ouvrit la porte pour accueillir le patient de quinze heures, elle avait vingt minutes de retard sur l'horaire du rendez-vous, ce qui la contraria. Séverine essayait toujours d'être aussi ponctuelle que possible. Une particularité rare pour un médecin, et pas toujours facile à tenir, mais pour elle c'était une question de respect.

Sa liste à la main, elle appela : « Monsieur Adrian Dibra ? »

Sans pouvoir s'expliquer pourquoi, elle eut un mauvais pressentiment en découvrant le trio qui se dirigeait vers l'entrée de son bureau.

Un homme d'assez petite taille, au teint olivâtre, aux cheveux très bruns et raides, d'âge indéfinissable, était encadré par deux mastards imposants au regard glacial et inquisiteur. Elle identifia aussitôt l'homme du milieu comme étant le malade. Les deux autres, à l'étroit dans leurs costumes sombres, étaient des gardes du corps, et c'est ce qui la mit mal à l'aise. Si elle avait eu envie de plaisanter, elle les aurait surnommés « men in black ». Bâtis sur le même moule, ils ressemblaient à des jumeaux, à ceci près qu'un d'entre eux avait les yeux bleus et l'autre les yeux bruns. Deux surnoms idiots lui vinrent aussitôt à l'esprit : « Blue Ice » et « Dark Ice »...

Séverine s'effaça pour laisser entrer le trio. Il n'y avait que deux chaises pour les consultants. Elle dénicha un petit tabouret et le présenta au deuxième gorille en espérant que ce mobilier d'appoint résisterait à son poids. Puis elle sortit le dossier et s'efforça de montrer un sourire avenant. Ce fut d'autant plus difficile qu'elle venait de constater l'absence de toute lettre d'un confrère. En principe, les consultations spécialisées devaient toujours être demandées par un autre médecin. Les filles du bureau des rendez-vous avaient sans doute cédé devant l'insistance du correspondant.

Elle demanda au petit homme vert :

– Vous êtes adressé par un médecin ?

Comme elle le prévoyait, ce fut un des mastards, celui aux yeux bruns, qui répondit avec un fort accent d'Europe de l'Est :

– Monsieur Dibra ne parle pas français, nous sommes ses interprètes.

Et voilà, ça commençait bien ! Le genre de consultation qui lui ferait perdre un temps fou et aggraverait son retard. Elle avait horreur de ça ! Mais un médecin doit soigner tout le monde avec la même attention… Elle se força à concentrer son regard sur le patient. Vêtu d'une parka grise et d'un pantalon de velours, il était nettement moins antipathique que ses « interprètes ». Les yeux noirs enfoncés dans les orbites, les traits tirés, le moins qu'on puisse dire est qu'il ne respirait pas la santé. Insuffisance rénale avancée, à coup sûr. Encore un qui arrivait au bord de la dialyse sans aucun suivi médical !

– D'accord, mais a-t-il consulté un médecin avant de venir ici ? reprit-elle un peu plus sèchement. Est-il en France depuis longtemps ?

– Monsieur Dibra a les reins très malades. Venu spécialement d'Albanie pour soigner ici.

Bingo !

– Vous savez que c'est un traitement très coûteux ! Je suppose qu'il n'a aucune prise en charge. Ça va engendrer d'énormes difficultés.

« Un nouveau candidat à l'Aide médicale d'État », pesta-t-elle intérieurement, prête à décrocher son téléphone pour appeler l'assistante sociale.

– Argent pas un problème, répondit l'homme avec le plus grand calme.

– Mais vous savez combien ça coûte, une année de dialyse ? Près de 100 000 euros !

– Pas un problème, répéta l'interprète.

– Avez-vous des documents médicaux ? soupira Séverine.

Autant avancer et voir de quoi il retournait. Elle pourrait mieux leur faire comprendre ensuite l'inanité de leur entreprise.

Blue Ice, le gorille du tabouret, lui tendit une chemise cartonnée. Un rapport médical plutôt succinct et rédigé en mauvais anglais expliquait qu'Adrian Dibra souffrait d'une insuffisance rénale grave de cause inconnue, avec hypertension artérielle. Les résultats des analyses biologiques confirmaient que l'heure de la dialyse était proche. Séverine fit allonger le patient, l'examina rapidement, lui prit sa tension : 17/10. Pas terrible. Elle retourna s'asseoir derrière son bureau.

– Vous savez, dit-elle à Dark Ice, la dialyse, ce n'est pas un cachet d'aspirine. Ça ne se fait pas comme ça. Il faut faire des examens, prévoir une petite intervention pour permettre l'accès du sang au rein artificiel, et aussi trouver une place disponible dans un centre !

– Monsieur Dibra pas venu pour dialyse, venu pour greffe de rein.

De mieux en mieux !

– Alors là, c'est encore plus compliqué ! Pour commencer, vu le résultat de ses examens, il me paraît illusoire de le greffer avant de le dialyser. De plus, il faut un bilan très approfondi et précis afin de savoir si on peut l'inscrire sur liste d'attente. Ensuite, il lui faudra fournir un certain nombre de documents, parmi lesquels un engagement de paiement, une attestation du ministre de la Santé de son pays d'origine… Et enfin, même si notre équipe de transplantation accepte de l'inscrire sur la liste d'attente, les délais sont très longs ! Les donneurs sont rares.

Elle s'arrêta après cette tirade, espérant avoir refroidi l'enthousiasme de ses interlocuteurs. Mais elle dut déchanter très vite.

– Donneur pas un problème, intervint Blue Ice. On s'occupera de tout, et vous, largement remerciée. Ceci simple acompte.

Il sortit de sa poche intérieure une épaisse enveloppe qu'il posa sur la table. Médusée, Séverine contempla l'enveloppe qui contenait sûrement une importante liasse de billets. Mais ils se croyaient où, ces zozos ?

Elle se leva d'un bond.

– Ça ne fonctionne pas comme ça ici ! En France, l'activité de greffe est très encadrée. Pas de passe-droit possible. Rangez-moi cette enveloppe et partez. Il est hors de question que je prenne en charge votre ami dans ces conditions !

Mais les trois hommes demeurèrent impassibles.

– Peut-être nous avoir eu mauvais renseignements, reprit Dark Ice.

– Quoi ? Quels renseignements ? Et d'abord, qui vous a indiqué mon nom ?

Pas de réponse. Ce silence était plus perturbant que tout.

– Calmez-vous, Docteur, intervint Blue Ice. Donnez-nous liste des examens à faire, et autre rendez-vous. D'ici là, on va réfléchir.

Séverine s'exécuta et les raccompagna à la porte. Elle espérait au fond d'elle-même les avoir dissuadés de revenir.

Elle se trompait.

Le cauchemar ne faisait que commencer.

Chapitre 2

Autant le docteur Séverine Dombre se montrait organisée et efficace dans son travail, autant sa vie personnelle s'apparentait à un désastre, dont elle veillait à dissimuler au maximum les détails à ses collègues. Et ce désastre avait commencé très tôt.

Son père, arrivé à Paris à l'âge de vingt ans pour travailler dans la toute nouvelle Banque Nationale de Paris, épousa très vite Martine, une riche héritière un peu plus âgée que lui. Cette jeune femme, cliente de l'agence centrale du boulevard des Italiens où il était employé, tomba sous le charme de ce grand gaillard brun aux yeux bleus. Et Philippe avait eu le coup de foudre pour elle dès la première seconde. Contrairement à ce que de mauvaises langues insinuaient, l'argent n'avait rien à voir dans cette histoire d'amour. Du reste, après son mariage, Philippe ne chercha pas à se reposer sur la fortune de sa femme. Sérieux et travailleur, il monta rapidement en grade. Plusieurs fausses couches retardèrent la venue au monde de Séverine, en 1970. Mais le bonheur ne dura pas longtemps : deux ans plus tard, alors qu'il effectuait un déplacement professionnel en Seine-et-Marne, Philippe fut victime d'un accident fatal. On découvrit son corps à côté de sa voiture stationnée sur le bas-côté, en rase campagne. En l'absence de témoin et compte tenu des constatations et des blessures observées, l'hypothèse la plus probable était qu'un véhicule l'avait percuté au moment où il sortait pour satisfaire un besoin naturel. La portière côté conducteur avait été arrachée par le choc.

Le responsable ne fut jamais identifié. Il y avait des traces de peinture gris métallisé sur la carrosserie, mais à l'époque, les techniques d'analyse par microspectrométrie infrarouge n'existaient pas encore. Sinon, on aurait pu établir le lien avec une DS 21 volée, dont la carcasse à moitié carbonisée fut retrouvée dans un ravin en forêt de Fontainebleau, à une trentaine de kilomètres de là. Le chauffard s'en était débarrassé peu après.

Les jours heureux étaient terminés. Même si la situation matérielle de Martine leur permit de continuer à vivre dans de bonnes conditions, la tristesse ne les quitta plus. Séverine ne gardait aucun souvenir de son père. Sa mère, restée inconsolable, ne se remaria jamais et mourut d'un cancer galopant dix-huit ans plus tard. Séverine, devenue une belle jeune femme brune aux mêmes yeux bleus que son père, avait déjà commencé ses études de médecine et passé avec succès le barrage de la première année. Elle continua à vivre au 98 rue La Fayette dans l'appartement de son enfance, qu'elle laissa en l'état sans y faire d'autres travaux que l'aménagement d'un bureau.

La jeune orpheline se jeta dans la carrière médicale avec une sorte de rage et gravit un à un les échelons, jusqu'à devenir praticien hospitalier en néphrologie, responsable de la transplantation rénale dans un grand service parisien.

Sur le plan sentimental, sa situation était beaucoup moins brillante. Séverine ne se sentait attirée que par les hommes plus âgés (les fins psychologues qui pullulaient autour d'elle y voyaient bien sûr la conséquence de l'absence de père), et se montrait incapable de maintenir longtemps une vie de couple stable. Le pire fut atteint au tout début du XXIe siècle lorsque, encore jeune chef de clinique, elle se retrouva enceinte de son compagnon… Elle diagnostiqua son état avec retard – un comble pour un médecin ! La date légale de l'IVG était dépassée. Séverine accoucha d'un garçon, Vincent, et se sépara de son amant. Fait plutôt rare, ce dernier, un assureur qui avait dix ans de plus qu'elle, obtint la garde de l'enfant. La jeune mère, consciente de son emploi du temps surchargé et surtout de son instinct maternel peu développé, ne se défendit pas. L'assureur se maria peu après avec sa secrétaire, déjà enceinte de leur fille. Séverine voyait son fils à peine une fois par mois et leurs relations étaient tendues. L'adolescence de Vincent n'arrangeait rien. Il en voulait beaucoup à sa mère de ce qu'il considérait comme un abandon (on ne pouvait guère lui donner tort) et s'entendait mieux avec sa belle-mère.

Depuis environ un an, Séverine entretenait une liaison épisodique avec un chef d'entreprise de presque vingt ans de plus qu'elle. Une des seules personnes avec laquelle elle se sentait assez détendue, à condition que la cohabitation ne s'éternise pas ! Elle dormait de temps à autre avec Hubert, chez lui ou chez elle. Dans l'intervalle, elle naviguait sur la toile, sortait seule, et parfois passait à l'acte pour une relation sexuelle d'un soir qui ne lui procurait qu'un plaisir momentané. Cela, bien sûr, dans le plus grand secret à l'égard de ses collègues et de ses rares amis. Cette vie agitée ne lui apportait aucune joie réelle ; son métier lui permettait d'oublier ce désert affectif.

Chapitre 3

Le docteur Dombre arriva en consultation vers quatorze heures et reconnut dans la salle d'attente le trio infernal qu'elle avait reçu trois semaines auparavant. Elle ne put réprimer un froncement de sourcils agacé. Ainsi, elle ne les avait pas découragés ! Elle s'installa dans son bureau et jeta un coup d'œil sur la liste de ses rendez-vous. Monsieur Adrian Dibra y figurait, mais à quinze heures. Et en plus, ils se présentaient une heure en avance ! Comme s'ils voulaient lui mettre la pression…

Elle prit exprès tout son temps pour recevoir les deux premiers patients, mais ceux-ci ne la retinrent guère et il était tout juste quinze heures lorsqu'elle ouvrit la porte pour appeler l'Albanais et ses sbires.

Les trois hommes entrèrent avec un bref signe de tête. Séverine installa de nouveau le petit tabouret d'appoint et prit place derrière son bureau.

Elle attaqua d'un ton rogue :

– Vous avez les résultats ?

– Oui, Docteur, tous les examens faits, répondit Dark Ice en lui tendant une épaisse chemise.

De plus en plus agacée, Séverine constata que le bilan était effectivement complet. Elle regarda les analyses biologiques. La situation n'avait pas évolué. Au moins échappait-on à la dialyse en urgence. Mais le répit serait de courte durée.

Pourquoi ces gens s'obstinaient-ils à revenir la voir, elle ?

Le reste des examens ne montrait aucune contre-indication à la greffe d'un rein. En particulier, le cœur semblait encore en assez bon état malgré l'hypertension ancienne. Il n'y avait aucun signe de maladie infectieuse en évolution. L'analyse des groupes sanguins et tissulaires ne révélait pas de problème particulier : l'Albanais avait des groupes assez fréquents.

Comme au cours de la précédente consultation, le silence s'éternisait dans la pièce et mettait Séverine de plus en plus mal à l'aise. Pour faire diversion, elle entreprit d'examiner le patient et de vérifier sa tension artérielle. L'appareil affichait 15/9. Peut-être y avait-il un facteur d'anxiété la fois dernière ? Ça arrivait souvent lors du premier rendez-vous.

Adrian Dibra portait toujours des vêtements simples mais propres. On avait du mal à l'imaginer roulant sur l'or. Et pourtant, il se promenait avec deux gardes du corps et venait de réaliser sans sourciller un bilan coûteux, à ses frais. Et cette dépense ne représentait presque rien par rapport à ce qui l'attendait s'il persistait à vouloir se faire soigner en France.

Séverine regrettait de ne pouvoir communiquer directement avec cet homme. La présence immuable des deux colosses la hérissait et l'inquiétait.

Elle sortit un instant de la pièce pour aller chercher un imprimé à l'accueil, puis s'installa à nouveau derrière son bureau et brisa le silence.

– Bon, le bilan est complet et on pourrait théoriquement l'inscrire sur liste d'attente de greffe, mais…

– Mais quoi ? répliqua Blue Ice, assis sur son tabouret préféré.

– Je vous ai déjà expliqué. Il va falloir organiser une consultation avec divers spécialistes : urologue, anesthésiste, psychiatre, avant de l'inscrire officiellement sur liste d'attente. Et ensuite, les délais sont très longs. À mon avis, s'il veut attendre en France, il faudra commencer la dialyse au préalable, avec les conséquences financières que ça implique. Vous allez devoir fournir de nombreux papiers pour la dialyse, comme pour la greffe. Tout ça me paraît difficilement réalisable, à moins que quelqu'un de sa famille habite ici et que vous demandiez l'Aide médicale d'État… A-t-il des parents en France ?

Elle espérait les avoir découragés, mais en fut pour ses frais.

– Ça, notre problème, répondit l'homme d'un ton soudain plus dur. Et pas dialyse, on vous a dit. Greffe.

– Mais enfin, s'emporta Séverine, exaspérée, je vous le répète, les délais d'attente sont longs ! Au moins deux ans. Les donneurs ne se trouvent pas au coin de la rue ! Et il y a des règles de priorité précises. On ne peut y déroger.

– Donneur pas un problème, on aura donneur vivant.

– Donneur vivant ? Vous savez que ce donneur doit être quelqu'un de la famille ou un proche pouvant apporter la preuve d'une relation affective étroite et stable avec le receveur depuis au moins deux ans ? Il doit être soumis lui aussi à un bilan approfondi pour s'assurer qu'il est en parfaite santé, passer devant un comité de cinq personnes pour vérifier la bonne compréhension des informations reçues et devant le tribunal de grande instance… Il y a des pays où on est moins regardant, mais en France, ça ne rigole pas ! Vous avez fait le mauvais choix.

– Docteur, ça notre problème, reprit le gorille impassible mais glacial. Donnez-nous autre rendez-vous dans un mois et tout sera prêt, vous verrez. Et vous, récompensée.

– Va pour le rendez-vous, je vous ai expliqué les contraintes, maintenant c'est votre affaire. Hors de question pour le reste. Ne me parlez plus jamais de ça !

Adrian Dibra assistait à cet échange tendu d'un air un peu contrarié, sembla-t-il à Séverine.

Alors qu'elle reconduisait le trio, Dark Ice la retint par le bras et lui chuchota à l'oreille :

– Docteur, nous attendons bien sûr grande discrétion de votre part. Il serait si regrettable que votre fils Vincent ait accident imprévu…

Chapitre 4

Séverine Dombre termina sa consultation avec difficulté, étreinte par une angoisse qui l'empêchait de se concentrer. Elle fila dès qu'elle put dans son bureau, ferma la porte à clé, se laissa tomber dans son fauteuil et tenta de mettre ses idées en ordre.

Ce type l'avait clairement menacée. Comment savaient-ils qu'elle avait un fils et comment connaissaient-ils son prénom ? Cette histoire lui faisait de plus en plus peur. Elle se reprocha d'avoir accepté de les revoir. Mais cela aurait-il changé la donne ? Un des gardes du corps de ce Dibra avait évoqué lors de la première consultation certains « renseignements » qu'il possédait sur elle. Ils ne l'avaient donc pas choisie au hasard ! Ils devaient appartenir à une sorte de mafia.

Que faire ? Prévenir la police ? Elle ne disposait d'aucun témoignage. Et elle risquait de mettre la vie de Vincent en danger. Vincent… Un sentiment qu'elle avait rarement éprouvé jusqu'à présent la gagnait. Son instinct maternel, enfoui sous un monceau de bonnes excuses, faisait surface. Vincent… Il allait justement venir ce week-end chez elle. À reculons, comme d'habitude.

Elle essaya de se calmer, sans y parvenir, retourna en consultation récupérer le dossier d'Adrian Dibra pour noter l'adresse et le téléphone de contact indiqués par ses accompagnateurs, quoiqu'elle ne sût pas ce qu'elle en ferait. Elle procéda de façon aussi naturelle que possible afin de ne pas attirer l'attention des infirmières.

*

Vincent arriva chez Séverine le samedi vers treize heures. La ligne 9 l'amenait directement du lycée Janson de Sailly à Chaussée d'Antin, où il devait changer et emprunter la ligne 7 jusqu'à Poissonnière, un motif de grogne supplémentaire.

À bientôt seize ans, Vincent était devenu un jeune homme promis à un franc succès auprès des femmes dès qu'il serait débarrassé de son acné juvénile. Ses yeux bruns bordés de longs cils en feraient chavirer plus d'une.

L'accueil de sa mère le prit de court. D'habitude, il la trouvait en train de travailler à son bureau, elle lui disait bonjour d'un air distrait avant de lui servir un déjeuner ou plutôt un pique-nique. Puis, l'après-midi s'étirait en longueur : elle lui laissait faire ses devoirs et retournait à son ordinateur. Ce qui permettait à l'adolescent de donner libre cours à son agressivité à la première occasion, voire de repartir chez son père dès le dimanche matin après une bonne engueulade au petit-déjeuner.

Cette fois, Séverine lui ouvrit la porte avec un large sourire.

– Coucou, mon grand. Dépêche-toi, pose ton sac, je t'emmène chez l'Italien manger une pizza et ensuite on va au cinéma voir *Live by night* au Gaumont Opéra.

– L'adaptation du polar de Dennis Lehane ? Cool.

Séverine ne put cacher sa satisfaction. Elle connaissait quand même les goûts de son fils !

*

Ce week-end se révéla une vraie surprise pour Vincent, au point qu'il faillit à plusieurs reprises demander à sa mère ce que cachaient ces attentions inhabituelles. Elle avait même été jusqu'à prendre des nouvelles de Léa, sa demi-sœur ! Ce n'était pas arrivé depuis des mois, très exactement depuis une de leurs nombreuses disputes. Vincent appelait toujours Léa « ma sœur ». Séverine le reprenait à chaque fois. Elle ne pouvait s'en empêcher. Comment lui faire comprendre qu'elle voyait dans ce terme le symbole d'une famille dont elle était de facto exclue ? La dernière discussion s'était mal terminée, Vincent lui ayant fait observer avec un brin de méchanceté qu'elle ne s'était jamais occupée de lui et ne pouvait s'en prendre qu'à elle-même.

Le dimanche soir, Séverine sortit sa voiture du parking Montholon et le reconduisit dans le XVIe.

L'adolescent rentra chez lui ravi, sans découvrir les raisons de cet accueil inattendu. C'était sans doute préférable…

Chapitre 5

Le mardi suivant, vers dix heures, le téléphone de Séverine sonna alors qu'elle faisait la visite dans l'unité de transplantation. C'était Martine, sa secrétaire.

– Je suis désolée de vous déranger, mais j'ai en ligne une personne du service de la Répression des fraudes, je crois, qui voudrait vous parler.

– La Répression des fraudes ? Passez-les-moi, répondit Séverine, surprise.

La voix de sa correspondante était plutôt sèche.

– Docteur Dombre, bonjour. Ici Madame Grami, de la DGCCRF[1]. Nous souhaiterions vous entendre pour une affaire vous concernant.

– Une affaire me concernant ? Je ne comprends pas...

– Je ne peux vous en dire plus au téléphone. Pourriez-vous nous rendre visite ? Nous sommes au 8 rue Froissart, dans le IIIe.

1. Direction générale de la concurrence, de la consommation et de la répression des fraudes.

– Bon… Séverine sortit son agenda. Est-ce possible pour vous jeudi prochain vers quinze heures ?

– C'est parfait. Nous vous attendrons. Faites-moi appeler par l'hôtesse d'accueil.

Elle raccrocha, contrariée et un peu inquiète. Elle était fonctionnaire : que pouvait-elle avoir à raconter à cette émanation du ministère de l'Économie ?

– Il y a un problème ? s'enquit avec un brin de curiosité Chrystel, une jolie infirmière aux cheveux blonds coupés court et aux yeux noisette.

– Non, rien. Un rendez-vous avec la banque.

L'infirmière n'insista pas, mais elle avait entendu la réponse de Séverine et comprit qu'elle mentait. Elle jeta un coup d'œil intrigué au médecin, puis haussa les épaules. Après tout, ça ne la regardait pas.

*

Séverine jura. Depuis la fermeture de la voie sur berge rive gauche, la circulation dans Paris était infernale. De plus, le stationnement dans ce foutu quartier du Marais s'apparentait à mission impossible et le caducée ne protégeait plus des contredanses. Elle regretta de ne pas avoir pris le métro. Elle était partie très en avance, heureusement car elle tourna une vingtaine de minutes avant de trouver une place, assez loin de sa destination.

Situé au coin de la rue Froissart et de la rue Commines, l'immeuble de la DGCCRF avait un aspect sinistre, avec sa façade gris béton : un blockhaus. Séverine s'annonça à l'entrée et ne patienta que quelques minutes. Une blondinette de petite taille, serrée dans une robe moulante, mais à l'air aussi aimable qu'un agent des services d'immigration américains, apparut dans un claquement régulier de talons aiguille.

– Docteur Dombre ? Je suis Madame Grami. Suivez-moi, je vous prie.

Elle fit aussitôt demi-tour. Séverine se dépêcha de lui emboîter le pas, quelque peu irritée par la désinvolture de cet accueil. Après une marche rapide dans un dédale de couloirs, toujours précédée de la petite blonde, elle arriva dans un bureau sans fenêtres et garni d'un mobilier à peu près aussi avenant que la façade du bâtiment. Une femme plus âgée l'attendait. Visage ingrat, corps épais, grosses lunettes d'écaille peu seyantes. Elle ne se leva même pas pour l'accueillir.

– Docteur Dombre, merci d'être venue. Je suis Madame Murat. Asseyez-vous, dit-elle en désignant une chaise qui avait connu des jours meilleurs. Auriez-vous une pièce d'identité à nous montrer ?

Le médecin s'exécuta tandis que Madame Grami s'installait à côté de sa collègue et ouvrait une chemise cartonnée. Face aux deux agents de la Répression des fraudes, Séverine se sentait en position d'accusée. Mais de quoi, grands dieux ?

– Allez-vous enfin m'expliquer ce qui se passe ? lança-t-elle, incapable de se retenir plus longtemps.

– C'est plutôt vous qui allez nous expliquer, rétorqua sèchement Madame Murat.

– Encore faudrait-il que je sache de quoi il s'agit !

– J'y viens, j'y viens. Il semblerait que vous ayez favorisé une société pour un achat de matériel hospitalier concernant votre service.

Stupéfiée, Séverine réfléchissait à toute vitesse pour tenter de comprendre.

– Mais c'est impossible. Les achats de matériel se font via des appels d'offres.

– Eh bien apparemment non, pas celui-ci, en l'occurrence, il s'agit de… – elle consulta le document que lui tendait madame Grami – d'azote liquide.

Le docteur Dombre resta un instant sans voix, incrédule, puis éclata de rire.

– C'est une plaisanterie ?

– Je n'en ai guère l'impression, dit madame Murat, de plus en plus sévère, mais déconcertée par la réaction du médecin.

– Eh bien, je vais vous expliquer, dit Séverine, qui avait retrouvé toute son assurance. L'azote liquide est utilisé en petites quantités chaque semaine, lorsque nous effectuons des biopsies rénales. Il sert à congeler les fragments de tissu prélevés. Il n'y a effectivement pas d'appel d'offres pour une fourniture dont le coût demeure modéré. De plus, il n'y a à ma connaissance qu'une seule entreprise qui puisse assurer une livraison régulière. Si j'avais voulu favoriser une société en espérant en retirer quelques bénéfices personnels, j'aurais choisi un secteur plus lucratif ! C'est grotesque.

Cette fois, ce fut au tour des deux agents de la DGCCRF de rester muets. La déclaration du médecin semblait empreinte de sincérité et son argumentation sans faille.

Après des toussotements gênés et quelques précisions supplémentaires, l'ambiance se détendit dans le bureau et Séverine se redressa. Son honneur était sauf !

– Mais si je peux me permettre, d'où venait cette information ?

– Lettre de dénonciation, répondit madame Grami. Nous fonctionnons un peu comme les impôts. Nous sommes obligés de les prendre en compte.

– Je comprends, vous faites votre travail, dit la néphrologue, magnanime. Et vous n'avez aucune idée de la personne qui est à l'origine de cette machination ?

– Il s'agit d'un courrier anonyme, c'est tout ce que je puis vous dire. Et même si nous en connaissions l'auteur, nous ne serions pas autorisées à vous révéler son identité.

Le départ de la DGCCRF fut presque chaleureux, comparé à l'arrivée. Séverine eut même droit à une ébauche d'excuses – et à une poignée de main.

Elle reprit la route, en proie à de multiples interrogations. Qui pouvait lui en vouloir au point d'envoyer une lettre de dénonciation à la DGCCRF ? Même si elle avait du mal à y croire, elle suspectait quelqu'un de l'hôpital. Car il était clair que l'auteur de cette lettre connaissait le service.

Chapitre 6

Séverine était tellement énervée ce soir-là qu'elle ne put rester chez elle. Elle se rendit dans un bar à cocktails près de Beaubourg où elle avait déjà fait quelques rencontres éphémères. Elle se laissa draguer par un jeune homme sympathique et inconsistant et termina sa virée dans un hôtel du coin.

À une heure du matin, elle se rhabilla en silence, mais son amant avait le sommeil léger.

– Laurence, tu pars ?

Elle avait donné un faux prénom.

– Tu as le sens de l'observation.

– On va se revoir ? Je n'ai même pas ton téléphone.

– Tu n'en as pas besoin. On ne se reverra pas. Mais tu peux rester, la chambre est réglée pour la nuit.

Elle s'en alla, dégoûtée d'elle-même. Elle avait beau paraître dix ans de moins, elle n'était qu'une cougar. Pourvu qu'un jour elle ne rencontre pas une de ses brèves conquêtes. Heureusement, Paris était grand…

Elle se consola en se rappelant que son ami de cœur, Hubert, arrivait ce week-end pour quelques jours.

*

Le lendemain, à l'hôpital, mal remise de sa brève nuit, Séverine scruta avec attention le personnel, cherchant à surprendre sur les visages une expression de curiosité inhabituelle. Mais elle ne put conforter ses soupçons. L'infirmière qui l'accompagnait lorsqu'elle avait reçu l'appel de madame Grami ne lui posa aucune question. Le mystère demeurait entier et c'est elle qui risquait de susciter des interrogations en dévisageant tout le monde avec insistance… Elle devait se calmer.

*

Séverine avait invité Hubert, son amant occasionnel, à dîner chez elle ce samedi. Elle rentra chez elle en fin de matinée, mit sa voiture au parking et se rendit au Monop' de la rue La Fayette pour faire ses courses. Il y avait un monde fou et elle dut attendre aux caisses. Elle rangea en vitesse sa carte Visa dans la poche de son manteau pour laisser la place aux suivants. Un jeune homme s'approcha un peu trop près d'elle et lui proposa son aide pour porter ses paquets. Elle déclina son offre. Encore un dragueur !

À l'instant où elle refermait la porte de son appartement, son téléphone sonna. « Zut, pesta-t-elle. Pourvu que ce ne soit pas l'hosto ! » Ils l'appelaient parfois même lorsqu'elle n'était pas d'astreinte. Séverine avait sa part de responsabilité dans cette habitude : elle voulait toujours être au courant de ce qui se passait dans son secteur.

Son manteau encore sur les épaules, elle décrocha.

La voix lui était inconnue.

– Madame Séverine Dombre ?

– Oui, c'est moi.

– Bonsoir, ici le service des cartes bancaires BNP Paribas. Madame, êtes-vous en train de chercher à faire un retrait de deux mille euros à un distributeur ?

– Pardon ? Non, absolument pas. Que se passe-t-il ?

– Quelqu'un vient d'essayer à plusieurs reprises de retirer un montant inhabituellement élevé avec votre carte.

– Mais ce n'est pas possible, je viens de m'en servir…

Brusquement, Séverine comprit. Elle plongea sa main dans la poche de son manteau.

Sa carte n'y était plus.

En un éclair, elle revit la scène. La foule aux caisses. Le jeune homme bien élevé qui attendait sur le côté, lisait par-dessus son épaule pendant qu'elle composait son code, et lui offrait son aide pour porter son cabas. Il avait dû subtiliser sa carte bancaire à ce moment-là.

– On m'a volé ma carte il y a quelques minutes, dit-elle d'une voix blanche. Je ne m'en étais même pas aperçu. Heureusement que mon plafond ne dépassait pas mille euros.

– Ce n'est pas grave, nous allons la bloquer immédiatement. La personne a essayé à deux reprises de retirer deux mille euros, puis cinq cents à un autre distributeur, mais nous avions été alertés et nous avons refusé le retrait. Il faudra juste que vous fassiez une déclaration au commissariat et que vous confirmiez par écrit l'opposition dans les quarante-huit heures.

– Bien sûr, merci beaucoup pour votre vigilance, soupira Séverine.

*

Hubert Pélissié arriva chez Séverine vers dix-neuf heures. À bientôt soixante-six ans, il paraissait beaucoup plus jeune, avec sa silhouette mince qu'il entretenait en salle de sport, sa carrure rassurante et sa démarche volontaire. Il avait des yeux bruns ensorceleurs, des cheveux poivre et sel coupés court. Séverine l'avait rencontré lors d'une soirée chez des amis. Elle était très vite tombée sous le charme de cet homme mûr et courtois. Président d'un groupe spécialisé en logiciels d'analyse et de simulation, il effectuait de fréquents séjours à l'étranger pour vendre ses outils de « business intelligence » à des sociétés d'assurance. Ils couchèrent ensemble à leur troisième rendez-vous, délai inhabituel pour Séverine qui était plutôt du genre rapide lorsque quelqu'un l'attirait. Mais cette retenue un peu surannée ne lui déplut pas. Ils étaient contents de se retrouver lors de ses passages réguliers à Paris. Hubert ne lui posait jamais aucune question sur ses fréquentations, ne manifestait aucune jalousie, n'exigeait jamais davantage que ces soirées et ces nuits pleines de complicité, comme s'il sentait que Séverine ne supporterait pas une vie en couple. Tout étrange et incomplète qu'elle soit, cette relation, entrecoupée de nombreuses infidélités de sa part, lui apportait une certaine sérénité. Hubert était en quelque sorte son port d'attache.

– Ravi de te revoir ! J'ai apporté un médicament recommandé par la Faculté ! dit-il joyeusement en brandissant une bouteille de Saint-Émilion de sa serviette.

Il interrompit son geste lorsqu'il remarqua l'expression soucieuse de son hôtesse.

– Ça ne va pas ? Tu as l'air contrariée.

– Oh, rien de grave, juste des ennuis qui surviennent coup sur coup. La loi de l'emmerdement maximum !

– Allez, on se détend. Je vais nous servir un verre de cet excellent vin et tu vas m'expliquer tout ça… Sauf si tu n'as pas envie d'en parler !

Séverine décida que ça lui ferait plutôt du bien de partager ses mésaventures. Et Hubert faisait toujours preuve d'un esprit positif.

Ils s'installèrent dans le confortable canapé, leur verre à la main. Séverine lui raconta son étrange convocation à la Direction des fraudes et le vol de sa carte bancaire, quelques heures auparavant.

– Eh bien dis donc ! On peut dire que tu joues de malchance. Ou alors quelqu'un t'en veut ?

La remarque innocente de son amant inquiéta Séverine. Bien sûr, elle savait que quelqu'un avait cherché à lui nuire, de façon assez maladroite du reste, en la dénonçant à la DGCCRF, mais ce vol de sa carte bancaire… pouvait-il aussi s'agir d'un acte de malveillance ? Si c'était le cas, ça devenait sérieux !

Hubert interrompit sa réflexion.

– As-tu fait une déclaration au commissariat ?

– Non, je n'avais pas le temps ce soir avant ton arrivée, mais le commissariat est ouvert le dimanche. J'irai demain matin.

– Tu sais que les distributeurs de billets sont équipés de caméras vidéo ? Ça peut aider à identifier les malfaiteurs.

– Bonne idée, j'en parlerai aux policiers, répondit Séverine qui cherchait avec fébrilité à se rappeler la tête de son voleur.

Chapitre 7

Le jeune policier qui reçut la plainte de Séverine se montra fort aimable et motivé, malgré la banalité affligeante du délit, surtout dans ce quartier proche de la gare du Nord. Il promit de récupérer les enregistrements de vidéosurveillance.

– On saura par votre banque l'heure exacte et le lieu de la tentative du retrait. Je vous contacterai pour que vous puissiez visionner la bande. Attention, il n'est pas du tout certain que vous reconnaissiez facilement votre homme, et ils opèrent souvent à plusieurs. Mais si vous arrivez à l'identifier, ça complétera le signalement que vous nous avez fourni. Et s'il est déjà connu de nos services, ça peut aider à le retrouver.

Séverine comprit qu'on n'irait sans doute pas jusqu'à lui proposer d'établir un portrait-robot… D'ailleurs, elle avait eu beaucoup de mal à décrire son voleur, ce jeune homme à l'apparence si convenable ! C'était déjà bien beau qu'on lui montre les enregistrements.

Le policier, Quentin Bartoldi, tint sa promesse et la rappela deux jours plus tard avec un empressement qui ne lui parut pas uniquement motivé par l'espoir d'identifier l'auteur du vol… Avec une petite dose de cynisme, Séverine accepta ce jeu de séduction en se disant qu'il pouvait toujours être utile d'avoir un allié dans la place.

Malheureusement, elle ne put reconnaître son voleur, malgré plusieurs visionnages attentifs de la vidéo. Parmi les personnes ayant retiré de l'argent dans la tranche horaire indiquée, un homme au visage dissimulé par une capuche retint son intérêt : il était resté un long moment devant l'appareil, avait composé plusieurs fois le code sans pouvoir récupérer de billets. C'était sûrement lui, mais impossible de savoir s'il s'agissait du jeune homme croisé dans le supermarché. Il lui semblait de plus petite taille. Et la capuche interdisait tout examen du visage.

Le policier se désolait, il perdait un bon prétexte pour maintenir le contact avec la belle doctoresse. Séverine perçut son désarroi et accepta la carte qu'il lui tendait. Elle lui assura qu'il pouvait l'appeler à tout moment s'il avait la moindre piste. Bien qu'elle préférât les hommes mûrs, ce n'était pas désagréable de se sentir désirée par ce garçon fort bien de sa personne : athlétique, cheveux courts, brun aux yeux noisette et barbe de trois jours très tendance.

*

À l'hôpital, Séverine continuait à se demander qui pouvait avoir envoyé cette dénonciation grotesque à la Répression des fraudes. Une infirmière qui lui en voulait pour une raison inconnue ? Elle entretenait de bons rapports avec le personnel, qui appréciait son professionnalisme et sa compétence. Mais quelqu'un nourrissait peut-être du ressentiment à son égard, et bien entendu ce serait celui ou celle qui lui ferait les plus larges sourires. Elle se souvenait que son copain anesthésiste Hassène Mechouk avait eu des ennuis très désagréables. Sa femme reçut un mystérieux appel de l'hôpital un soir où il était de garde. La personne au bout du fil demandait s'il était chez lui car on ne le trouvait pas dans le service. En fait, Hassène était au bloc pour un prélèvement d'organes. Par la suite, ces coups de téléphone se répétèrent, assortis d'insinuations de plus en plus précises mais fausses. La méfiance s'installa dans le couple jusqu'à ce qu'Hassène découvre par hasard l'auteur de ce harcèlement. Il s'agissait d'une panseuse du bloc toujours souriante mais un peu perturbée ; elle avait jeté son dévolu sur lui et se vengeait ainsi de l'indifférence qu'il lui manifestait. Car l'anesthésiste, contrairement à certains de ses collègues, était un mari fidèle !

Dans le cas de Séverine, qui était le, ou la, coupable ? Le chef de service, Jean-Pierre Larozière, était bien trop occupé par ses activités et bien trop heureux de pouvoir compter sur ses « petites mains » pour fomenter un coup aussi minable ; et pourquoi le ferait-il ? Séverine se méfiait plutôt de Christophe Thervaux, le PU-PH[1], qui supportait assez mal l'influence grandissante de la praticienne sur le secteur des greffes dont il se considérait responsable. Mais, si c'était lui, comment le coincer ? Et puis ça pouvait être n'importe qui, y compris Chrystel, l'infirmière un peu trop curieuse qui était là lorsqu'elle avait reçu l'appel de la DGCCRF.

1. Professeur des universités – praticien hospitalier.

À plusieurs reprises, Séverine sortit de sa poche le papier sur lequel elle avait noté les coordonnées d'Adrian Dibra. Ses gorilles auraient-ils pu rédiger une telle lettre avec l'aide d'un complice sur place ? Mais que dirait-elle si elle les contactait ? Elle se mettrait en position de faiblesse, en l'absence de toute preuve. Le garde du corps lui ricanerait au nez.

Un soir, saisie d'une brusque appréhension, elle ne put s'empêcher de téléphoner à son fils Vincent pour prendre de ses nouvelles. Surpris par cette attention inhabituelle, l'adolescent répondit d'abord sur un ton un peu froid, mais se détendit au cours de la conversation, secrètement heureux que sa mère s'intéresse enfin à lui après le dernier week-end plutôt sympa.

*

Séverine communiquait avec Hubert Pélissié par l'intermédiaire de WhatsApp. C'était pratique pour le joindre lorsqu'il était à l'étranger – et gratuit.

Ce jour-là, elle eut envie de le contacter. Elle ne lui avait pas parlé depuis sa dernière visite. Elle ouvrit WhatsApp et tapota sur son clavier.

– Coucou Hubert, je ne te dérange pas ?

Quelques secondes plus tard, Hubert répondit. Il était presque toujours connecté.

– Pas du tout ! Désolé, je n'ai pas eu le temps de te téléphoner. As-tu des nouvelles de ton voleur ?

– J'ai pu voir les enregistrements de vidéo surveillance, mais impossible de reconnaître le type. Il portait une capuche.

– C'était à craindre. Tu as reçu ta nouvelle carte ?

– Oui. De ce côté-là, c'est réglé. Je te laisse. On m'appelle. À plus.

Le portable de Séverine venait de sonner.

– Séverine ? C'est Hassène. On a récupéré un donneur potentiel en réa.

– Ah ? J'arrive. La cause du décès, c'est quoi ? Accident vasculaire cérébral ?

– Non. Une balle dans la tête. Du 22 Long Rifle. Le calibre spécial coma dépassé[1], plaisanta l'anesthésiste.

Hassène Mechouk attendait Séverine à l'entrée de l'unité. C'était un grand Kabyle, brun aux yeux bleus, séduisant. Elle s'entendait très bien avec lui et appréciait sa compétence. Il la conduisit au box où se trouvait l'entrant et lui résuma la situation.

– Il a été abattu près de la gare du Nord. Un correspondant anonyme a appelé Police-Secours et le 15. Il respirait encore. Le Samu l'a mis en condition et on nous l'a transféré, on était les seuls à avoir de la place. Mais depuis son arrivée, son état s'aggrave. Il est passé en coma stade IV. On attend l'angio cérébrale[2].

– Le procureur ?

---

1. Contrairement à des projectiles de plus gros calibre, les projectiles de calibre 22 Long Rifle n'ont pas assez de puissance pour ressortir de la boîte crânienne. Ils ont tendance à ricocher sur les parois osseuses et entraînent souvent des lésions irréversibles du cerveau, avec état de mort cérébrale.

2. Examen qui permet de confirmer la mort cérébrale en mettant en évidence l'absence de toute circulation sanguine dans le cerveau.

– Il est au courant et ne voit pas d'inconvénient à un prélèvement dès lors qu'on lui envoie un compte rendu détaillé.

– Bon, reste à voir les proches.

– Apparemment c'est un Albanais sans famille sur place.

Séverine s'arrêta net devant le lit et pâlit.

– Qu'est-ce que tu as ? demanda Hassène, surpris.

Malgré les pansements et les tuyaux, le visage était parfaitement reconnaissable.

Il s'agissait du jeune homme qui lui avait dérobé sa carte Visa.

Chapitre 8

Abasourdie, Séverine regardait le corps de l'Albanais. Il n'y avait aucun doute possible. C'était bien son voleur. Et sans vouloir sombrer dans un délire de persécution, elle ne pouvait croire à une coïncidence. Un frisson parcourut sa colonne vertébrale.

– Tout va bien ? insista Hassène.

Elle s'ébroua.

– Oui, mais le visage de ce type me rappelle quelqu'un que je connais.

– Je doute que tu aies jamais rencontré ce malheureux. Loran Baris, 32 ans. Vivant de petits larcins du côté de la gare du Nord. Plusieurs fois arrêté par la police et relâché. Comme je t'ai dit, pas de famille connue en France. Mais titulaire d'une carte de séjour en règle.

Séverine retrouva son professionnalisme et alla s'entretenir avec la coordinatrice de prélèvements pour organiser la suite. Mais dès qu'elle le put, elle s'isola pour appeler Quentin Bartoldi.

Pas de chance : au commissariat, on lui répondit que le brigadier-chef Bartoldi était de repos. Voulait-elle parler à quelqu'un d'autre ? Séverine déclina la proposition, en assurant qu'il n'y avait aucune urgence.

Après avoir raccroché, elle tourna et retourna un moment la carte que le jeune policier lui avait donnée, où il avait inscrit ses coordonnées personnelles, puis se décida à composer le numéro. Elle avait besoin de parler à quelqu'un qui soit au courant de son problème.

Quentin répondit dès la deuxième sonnerie. À croire qu'il attendait son appel.

– Bonjour, Docteur Dombre. Vous avez du nouveau ?

Il avait gardé son numéro en mémoire. Ça la fit sourire. Bien qu'il ait quinze ans de moins qu'elle, ce garçon lui inspirait confiance.

– Je suis désolée de vous déranger…

– Pas du tout, je vous avais dit que vous pouviez m'appeler à tout moment.

– Eh bien, euh… je crois que j'ai retrouvé mon voleur.

– Quoi ? Mais comment ? Où ça ?

– Il est en réanimation chez moi. Il a reçu une balle dans la tête près de la gare du Nord. Il est en état de mort cérébrale.

– C'est inouï, ça ! Avez-vous son identité ? Je vais me renseigner auprès de mes collègues du SAIP[1].

Elle lui donna le nom de l'Albanais.

– Vous ne trouvez pas un peu curieux que mon voleur se fasse descendre quelques jours après m'avoir attaquée ?

1. Service de l'accueil et de l'investigation de proximité.

– Vous savez, Docteur, ces petits délinquants sont souvent des dealers et peuvent être victimes de règlements de comptes…

Séverine ne sut quoi répondre. Il n'avait pas tort. Mais il ne connaissait pas l'existence d'Adrian Dibra ni l'attitude menaçante de Dark Ice et Blue Ice. Devait-elle le mettre au courant ?

– Je vous rappelle d'ici une heure, reprit Bartoldi.

Elle accepta. Ça lui laissait un délai de réflexion. Elle raccrocha et enregistra le numéro du policier dans son répertoire.

*

Séverine mit à profit ce répit pour faire le point sur le prélèvement d'organes envisagé sur la personne de Loran Baris. Pendant qu'elle téléphonait à Quentin, l'angiographie avait confirmé la mort cérébrale. Les résultats des groupes sanguins et tissulaires venaient d'arriver. La machine hospitalière, bien huilée, se mettait en route. Il restait à vérifier l'absence d'opposition à un prélèvement d'organes dans le registre national des refus. Puis à recueillir le témoignage des proches. Mais dans le cas du jeune Albanais, la recherche de la famille s'avérait problématique. Et se trouvant sur le territoire français, il était soumis au principe du consentement présumé, en vigueur depuis… 1976 (loi Caillavet)[1].

---

1. Beaucoup ignorent cette date, tant le traitement médiatique de ce thème délicat privilégie le sensationnel à l'information, et croient que le principe du consentement présumé est plus récent. Certains ne connaissent même pas son existence et sont convaincus que l'accord de la famille est nécessaire.

Son portable vibra. Ce devait être Quentin Bartoldi. Il avait fait vite ! Tiens, son numéro était masqué. Normal, il souhaitait sans doute qu'on ne puisse pas noter ses coordonnées. Elle-même prenait cette précaution lorsqu'elle contactait un patient depuis son téléphone personnel.

Au bout du fil, un silence, puis une voix qu'elle reconnut aussitôt. C'était celle de Dark Ice, rauque et menaçante.

– Docteur Dombre, ici Sukalem Daci, le collaborateur de monsieur Adrian Dibra.

Séverine, pétrifiée, n'avait plus une goutte de salive dans la bouche.

– Mais comment avez-vous eu mon numéro de portable ? parvint-elle à articuler.

– Nous avoir beaucoup de ressources, Docteur. Mais pas le problème. Vous avez en ce moment donneur compatible avec monsieur Dibra. Groupe sanguin concorde et groupes tissulaires pas mauvais. Vous faire la greffe ?

Elle n'arrivait pas à y croire. C'était terrifiant. Ils semblaient au courant de tout en temps réel. Mais par quel miracle ?

Elle retrouva un peu de combativité pour répondre sèchement.

– Monsieur Dacia, pardon, Daci, vous savez très bien que ce n'est pas possible ! Il y a des règles de répartition des organes contrôlées par l'Agence de biomédecine. On ne peut passer outre. De plus, monsieur Dibra n'est pas encore inscrit sur la liste d'attente ! Puis-je vous demander d'où vous sortez ces informations sur ce donneur potentiel ?

Dark Ice ne prit même pas la peine de répondre.

– Pas grave, autre donneur d'ici peu. Et Docteur, je rappelle : discrétion absolue.

Clic. Son interlocuteur avait raccroché.

Inondée d'une sueur glaciale, au bord du malaise, Séverine venait de réaliser que ses tourmenteurs connaissaient aussi les résultats des groupes sanguins et tissulaires du jeune Baris. Car ils avaient raison : lui et Dibra étaient compatibles.

Son téléphone affichait un appel manqué de Quentin Bartoldi. Mais elle savait maintenant qu'elle ne lui dirait rien, l'image de Vincent occupait son esprit. Elle mourait d'envie d'appeler son fils. Mais à ce rythme-là, il finirait par suspecter un problème. Et elle devait avant tout le protéger.

Chapitre 9

Dans son appartement de la rue La Fayette, Séverine se rongeait les sangs avec l'impression de s'enfoncer dans un puits sans fond.

Elle s'était fait violence pour rappeler Bartoldi. Ce dernier lui avait confirmé que l'hypothèse retenue par ses collègues était bien celle d'un règlement de comptes. Même si le calibre 22 semblait inhabituel, comme l'appel anonyme après le coup de feu à Police Secours et au 15. Sans doute un témoin qui ne voulait pas avoir affaire aux flics.

Elle avait décliné l'invitation du policier à prendre un verre le soir, prétextant un emploi du temps surchargé et la fatigue. Le brigadier-chef accepta l'excuse sans paraître bien convaincu. Il se doutait que le médecin ne lui disait pas tout.

Pourtant, malgré leur différence d'âge, Séverine était attirée par le jeune homme et elle aurait bien passé un moment de détente dans ses bras. Mais elle devait d'abord reprendre le contrôle d'elle-même. De nombreuses questions, aussi angoissantes les unes que les autres, l'assaillaient. Comment les deux gorilles avaient-ils pu se procurer son numéro de portable ? Personne à l'hôpital ne l'aurait donné. À moins qu'ils aient un complice sur place ? Comment savaient-ils que Loran Baris était hospitalisé dans son service ? Cette question lui fit froid dans le dos car elle devinait la réponse. Ils étaient liés au meurtre du jeune Albanais et sans doute au vol de sa carte bancaire.

Dernière question, et non des moindres. Comment connaissaient-ils les résultats des groupes sanguins et tissulaires ? Cette fois, Séverine en était certaine : quelqu'un à l'hôpital les renseignait ! Mais qui ? Sans le savoir, Hubert avait vu juste lorsqu'il suggérait que quelqu'un lui en voulait !

Zut ! Hubert… Elle avait oublié de le rappeler ! Elle devait lui donner des nouvelles. Mais sans lui raconter tous les détails. La menace du dénommé Daci résonnait encore à ses oreilles.

Au moment où elle attrapait son portable, l'appareil vibra. Un message WhatsApp. C'était Hubert.

« Les grands esprits se rencontrent », remarqua-t-elle avec une ébauche de sourire malgré les circonstances.

Elle se figea en découvrant le message.

– *Dommage pour cette fois.*

Qu'est-ce que ça voulait dire ? Qu'est-ce qui lui prenait ? Elle répondit avec fébrilité.

– *Je ne comprends pas ce que tu veux dire.*

Deux messages arrivèrent à quelques secondes d'intervalle.

– Il faut accélérer inscription sur la liste. Bientôt autre donneur disponible. Vivant cette fois.

– Mais je n'ai rien dit !

Séverine nageait en plein cauchemar. Elle appuya en tremblant sur le bouton « appel ».

Hubert répondit aussitôt.

– Hubert, j'ai reçu un message incompréhensible de toi.

– Mais Séverine, moi aussi ! Je n'ai envoyé aucun message, je n'ai fait que répondre au tien, qui était fort bizarre d'ailleurs. Que t'arrive-t-il ?

Une nausée brutale lui tordit l'estomac.

Ils avaient piraté son téléphone.

Chapitre 10

Séverine tentait de reprendre ses esprits. Comment rassurer Hubert sans lui expliquer ce qui se passait et sans mettre Vincent en danger ?

– Je suis désolée, Hubert. Des plaisantins ont piraté mon WhatsApp.

– Décidément, j'avais raison : quelqu'un t'en veut. As-tu une idée ? En as-tu parlé à la police ? Ça commence à faire beaucoup.

– Non, je ne comprends pas ce qui se passe, mentit-elle. Et je crains que la police ne puisse résoudre le problème. Je vais surtout changer mes codes tout de suite.

– Tu sais, WhatsApp est plutôt facile à pirater. Il suffit d'avoir accès au portable de la personne et d'afficher le numéro IMEI. C'est très rapide à faire. Il existe même des logiciels espions qui permettent d'opérer à distance.

Hubert s'y connaissait en informatique et Séverine ne perdait pas une miette de ses explications.

– Ensuite, poursuivit-il, les hackers peuvent avoir accès à tous tes messages et aussi à tes contacts. C'est comme ça qu'ils ont dû trouver mes coordonnées et t'envoyer un texto en se faisant passer pour moi. Au passage, il y a des applications qui permettent de verrouiller WhatsApp sur Android.

– Pas de pot, moi c'est un iPhone, ironisa-t-elle.

– Bon, pas de panique, au moins maintenant je ne m'inquiéterai plus lorsque je recevrai un SMS bizarroïde de toi. Et par précaution, je vais moi aussi changer mes codes.

Le calme de son amant apaisa un peu Séverine. C'était une des raisons pour lesquelles elle était si attachée à Hubert.

*

Un peu plus tard, Séverine se rappela que, lors de son deuxième rendez-vous avec le trio infernal, elle s'était absentée quelques minutes du bureau de consultation en laissant son portable dans la pièce. Ils avaient pu manipuler son téléphone pendant ce temps !

Mais comment avaient-ils eu connaissance des groupes de Loran Baris. Elle devrait mener une enquête discrète. Pas facile…

*

Ce jour-là, Séverine devait faire un cours informel aux internes et aux étudiants hospitaliers du service sur la dialyse et la greffe ; la vision de Dibra et de ses gardes du corps la perturba à plusieurs reprises pendant son exposé. Mais elle eut à cœur de faire une présentation aussi objective que possible des différentes méthodes.

« Comme vous le savez, depuis quelques années, on insiste sur la nécessité de développer la transplantation rénale à partir de donneur vivant. Les résultats sont meilleurs que ceux de la greffe à partir de donneur décédé. Les progrès des techniques de prélèvement rendent l'intervention chirurgicale beaucoup moins pénible qu'autrefois pour le donneur, notamment par cœlioscopie[1]. Dans ce domaine, nous avons en France un net retard sur d'autres pays, y compris européens. Malgré les indéniables améliorations apportées à l'hémodialyse chronique et le développement – encore insuffisant – de la dialyse péritonéale à domicile, les lourdes sujétions du traitement par dialyse alimentent sa mauvaise image. Alors que les deux méthodes devraient plutôt être considérées comme complémentaires. La dialyse permet aux patients de vivre en attendant une greffe ou lorsque la greffe échoue, ce qui représente un avantage considérable par rapport à la défaillance d'autres organes vitaux comme le cœur, le foie ou le poumon ! On entend ou on lit à l'envi le terme de « dialyse prison » ou « l'enfer de la dialyse ». Ajoutons à cela un coût élevé d'environ quatre-vingt mille euros par an et par malade, alors que la greffe réussie permet une qualité de vie supérieure à un coût moindre… Il n'en fallait pas plus pour que la communauté des néphrologues soit soupçonnée de mal informer les patients et de ne pas les orienter vers la greffe pour des motifs financiers, bref de ne pas assurer un service

1. Technique chirurgicale qui permet d'accéder à l'intérieur de l'abdomen ou au rein en faisant plusieurs petites incisions.

de qualité. Une campagne lancée avec les meilleures intentions du monde par certaines associations de patients revendicatrices, et relayée par certains médias avides de polémique ou de sensationnel. Même la Cour des comptes s'en est mêlée, dans un rapport mal accueilli, comme vous l'imaginez, par les Sociétés de néphrologie et de dialyse ! La préoccupation des autorités de santé est compréhensible dans notre période de restrictions budgétaires, puisqu'environ soixante mille patients atteints d'insuffisance rénale terminale en France consomment à eux seuls plus de deux pour cent des dépenses de l'Assurance maladie... Mais les arguments utilisés ne sont pas toujours exacts et les généralisations abusives sont rapides.

Beaucoup de mes collègues, qui se dévouent au quotidien pour leurs patients, sont blessés par ce climat de méfiance permanente. Je ne m'estime pas concernée par ces attaques, mais je préfère néanmoins entretenir de bonnes relations avec des associations qui insistent davantage sur l'information et le travail en commun que sur la polémique.

Vous devez aussi savoir que, même si on peut proposer la greffe à des sujets de plus en plus âgés, de soixante-dix ans voire plus, on ne peut pas greffer les patients qui sont en trop mauvais état – et difficilement ceux qui ont des groupes rares ou qui sont hyperimmunisés[1]. Or l'âge des patients traités par dialyse ne cesse d'augmenter, et

1. Patients qui ont développé des anticorps contre de nombreux antigènes d'histocompatibilité, ce qui pose d'énormes problèmes pour la greffe et nécessite des protocoles particuliers et complexes de désensibilisation.

avec lui le nombre des pathologies associées qui peuvent contre-indiquer une greffe. Enfin, les résultats des transplantations réussies sont spectaculaires, mais il persiste quelques échecs et les traitements anti-rejet ne sont pas dénués d'effets indésirables.

Imaginez les conséquences psychologiques de ces déclarations fracassantes et péremptoires sur celles et ceux qui ne peuvent être traités que par dialyse ! Dans certains pays moins développés, l'insuffisance rénale terminale est encore synonyme de mort. Comme dans la France du début des années soixante.

Quant à la greffe de donneur vivant, j'y suis favorable, bien sûr. J'en organise chaque mois. Mais je reste très attentive au risque de dérive ou de pression sur le donneur (elle pensa aussitôt au message de Dark Ice et sa voix trembla un peu). Je vais vous raconter une anecdote que je tiens d'un des pionniers de la transplantation. Dans les années soixante, lors des premières greffes à partir de donneur vivant, le professeur Hamburger [1] avait mené avec les membres de son équipe les entretiens afin de s'assurer de la sincérité et du désintéressement d'un donneur potentiel. Six mois après l'intervention, le frère donneur n'adressait plus la parole au receveur car celui-ci n'avait pas honoré les termes d'un « contrat » occulte prévoyant le versement d'une certaine somme d'argent[2].

1. Fondateur de la néphrologie en France, à l'origine de la première tentative de transplantation rénale à Necker en 1952, puis de la première transplantation réussie en 1959.

2. Inspiré de faits authentiques.

Tout ceci ne remet nullement en cause les extraordinaires résultats des transplantations, en particulier à partir de donneurs vivants, mais incite à maintenir la vigilance. L'encadrement législatif est d'ailleurs très développé en France. »

L'auditoire écoutait Séverine avec attention. Personne ne pouvait imaginer le drame qui se jouait en ce moment.

Chapitre 11

Dès le lendemain, Séverine entreprit une enquête discrète pour tenter de savoir comment le duo « Ice » avait pu avoir connaissance des résultats de Loran Baris. Le prélèvement des organes du jeune Albanais était en cours. Il fallait aller vite, un arrêt cardiaque venait d'être rattrapé de justesse. L'état de mort cérébrale ne durait jamais plus de quarante-huit heures.

Très vite, Séverine comprit qu'il lui serait impossible de poser la question aussi abruptement : elle devait révéler une partie du comportement quelque peu particulier des deux gorilles.

Elle interrogea en premier lieu Chrystel, l'infirmière de greffe qu'elle trouvait parfois trop curieuse.

– Dis-moi, Chrystel, je suis un peu ennuyée, j'ai reçu un appel bizarre hier au sujet du donneur…

– Ah ? Quel genre d'appel ?

– Eh bien, tu sais, j'ai vu deux fois un Albanais en consultation pour une inscription sur la liste d'attente, il était accompagné de deux interprètes qui ont plutôt l'allure de gardes du corps.

– Ha ha ! ça sent la mafia d'Europe de l'Est, on dirait.

Et vlan ! Il ne fallait pas prendre les gens pour plus bêtes qu'ils ne sont. Son interlocutrice avait déjà tout compris.

– Possible… Bref, un des gardes du corps m'a appelé hier à propos du stade IV[1]. Il voulait carrément savoir si on ne pouvait pas garder un des reins pour son patron.

– Tranquille, le monsieur, ricana Chrystel.

– Oui, mais ce qui m'a perturbée, c'est qu'il était au courant du prélèvement en cours et, plus encore, il semblait savoir que les groupes sanguins étaient compatibles. Tu n'as pas reçu d'appel étrange à ce sujet ?

Le visage de l'infirmière se rembrunit aussitôt.

– Absolument pas, et tu penses bien que je n'aurais jamais donné le moindre renseignement, répondit-elle d'un ton sec.

Raté… En plus, Séverine s'était mis Chrystel à dos. Ça commençait mal.

Après trois échecs de ce type, Séverine parvint à une double conclusion. D'abord, elle n'était guère douée pour la diplomatie et elle risquait se faire détester par tout le service. Surtout, elle n'arriverait à rien de cette façon.

C'est alors qu'une idée incongrue lui traversa l'esprit. Mais la situation ne l'était-elle pas tout autant ?

*

Séverine se demandait en effet si les deux mastards n'avaient pas recruté feu Baris pour lui voler sa carte de

1. Coma dépassé, mort cérébrale.

crédit, puis l'avaient tué au 22 Long Rifle avec l'espoir d'en faire un donneur potentiel. Pourquoi ? Parce qu'ils connaissaient déjà ses groupes ! Ça signifiait qu'ils les avaient fait déterminer. Et pourquoi ? Parce qu'il devait servir de donneur vivant en prétendant être un proche, moyennant une somme rondelette ! Ensuite, Baris avait changé d'avis et payé de sa vie cette défection. Séverine frissonna. Si son hypothèse était exacte, ces types ne reculaient devant rien.

Mais comment avaient-ils pu obtenir les groupes tissulaires ? Le typage ne se pratiquait que dans des structures agréées, pas dans un labo de ville !

Elle devait interroger le laboratoire d'histocompatibilité de Saint-Louis.

*

Séverine dut patienter encore quelques jours avant de pouvoir se rendre un après-midi à l'hôpital Saint-Louis.

Par chance, la patronne n'était pas là. Ça lui faciliterait la tâche. Elle annonça à la secrétaire qu'elle souhaitait dire un mot aux techniciens et pénétra dans le laboratoire où s'affairaient trois personnes autour des paillasses.

Séverine s'arrêta net sur le seuil, tout à coup consciente de l'inanité de sa démarche. Plus de trente techniciens travaillaient ici. Elle n'avait qu'une chance sur dix de tomber sur la bonne personne… Mais il était trop tard pour reculer. Une des deux femmes en blouse s'avançait vers elle.

– Je peux vous aider ?

Séverine reprit contenance.

– Bonjour, je suis le docteur Dombre, du service de transplantation rénale de l'hôpital Tenon. Je profitais d'un passage à Saint-Louis pour venir vous demander un renseignement à propos d'un patient en cours d'inscription sur notre liste.

Son interlocutrice ne devina pas le mensonge et ne releva pas la démarche un peu inhabituelle.

– Il y a eu un problème ? De qui s'agit-il ?

– Monsieur Adrian Dibra. (Elle précisa sa date de naissance.) Le prélèvement sanguin remonte à environ six semaines.

La technicienne s'installa devant son écran et commença à tapoter sur le clavier.

– Ça y est, j'y suis. Quel est le souci ?

– Je voudrais juste savoir si c'était la première fois que vous déterminiez ses groupes ou si vous aviez eu l'occasion de le tester auparavant.

– Non, il n'y a pas trace de prélèvement antérieur. Roger, c'est toi qui l'a techniqué, je vois ?

Le dénommé Roger vint regarder par-dessus l'épaule de sa collègue. La pâleur soudaine de l'homme intrigua Séverine.

– Oui. Je confirme. Aucune détermination antérieure. Pourquoi ?

Séverine remarqua quelques gouttes de transpiration qui perlaient sur sa lèvre supérieure. Âgé d'une quarantaine d'années, mais déjà voûté, les cheveux bruns, longs et mal coiffés, l'homme tremblait légèrement. Il avait peur et n'avait pas l'habitude de mentir, c'était une évidence.

– Oh rien, comme il arrivait de l'étranger et qu'il ne m'a pas donné beaucoup de renseignements sur son parcours, je me demandais s'il n'avait pas tenté sa chance dans un autre centre et fait à cette occasion un groupage tissulaire.

Elle parla un peu avec les trois techniciens, essayant discrètement de savoir à quelle heure ils terminaient leur journée, puis prit congé.

*

Séverine appela son service pour prévenir qu'elle ne repasserait pas ce soir-là. La situation semblait heureusement calme sur le front – une de ses formules favorites. En revanche, sa secrétaire l'informa que le Patron voulait la voir le lendemain à son bureau dès la première heure, ce qui l'agaça quelque peu. Elle avait horreur de ces convocations au pied levé par un Larozière qui était plus souvent en représentation que dans son service. Mais c'était le mode de fonctionnement des hôpitaux universitaires. Le Patron devait non seulement gérer l'équipe, mais aussi demander des crédits de recherche, enseigner, participer aux congrès, toutes ces obligations limitaient le temps qu'il pouvait consacrer aux patients. Et des praticiens comme Séverine assuraient le quotidien et le travail de recherche clinique.

Vers dix-sept heures trente, embusquée près du jardin de l'hôpital Saint-Louis sous un beau soleil, elle vit sortir du bâtiment moderne la technicienne à qui elle s'était adressée, suivie de son collègue. Elle retint un juron. S'ils faisaient route ensemble, elle ne pourrait aborder celui qu'elle soupçonnait fort d'avoir effectué les groupages de Dibra et de Baris « au noir ». Elle réalisa qu'elle avait oublié de poser la question pour les groupes du jeune Albanais. Mais elle aurait obtenu la même réponse.

Heureusement, la femme bifurqua vers la droite et Roger marcha seul vers la sortie de l'avenue Claude Vellefaux. Séverine le suivit à une vingtaine de mètres de distance.

Le technicien, qui semblait porter tous les malheurs du monde sur les épaules, se dirigeait vers l'avenue Parmentier. Il allait sûrement prendre le métro. Séverine accéléra le pas pour l'aborder. Elle avait prévu de l'attaquer de front, comme si elle était au courant de tout, pour le déstabiliser. Ce Roger ne lui paraissait pas bien solide.

Au moment où elle arrivait à quelques mètres de lui et s'apprêtait à l'appeler par son nom, une moto, chevauchée par deux individus portant un casque intégral, s'approcha du trottoir. Le passager arrière tendit un bras vers Roger. Séverine entendit deux violentes détonations. La tête du technicien explosa, le sang jaillit et l'homme s'effondra. « Sûrement pas un calibre 22 », eut-elle le temps de se dire. La moto repartit dans un rugissement et disparut en quelques secondes sans qu'elle puisse relever son numéro. Des cris s'élevèrent.

Séverine s'éloigna au plus vite du lieu de l'assassinat. Elle n'avait pas du tout envie d'être interrogée. Roger était mort et elle savait qui étaient les commanditaires.

Tremblant de tous ses membres, elle était en proie à un double sentiment de culpabilité et de terreur.

Ils avaient tué Roger pour l'empêcher de parler.

Et ça signifiait qu'ils la suivaient.

Chapitre 12

De retour chez elle après une longue marche, Séverine n'arrivait pas à se calmer. Même si elle était habituée à vivre des moments éprouvants à l'hôpital, elle était terriblement choquée par la scène à laquelle elle venait d'assister. Et elle avait peur. Pour elle et pour Vincent.

Elle ressentit soudain une furieuse envie de voir Quentin Bartoldi. C'était idiot : le policier était bien plus jeune qu'elle et ne correspondait pas du tout à ses « critères » usuels. Mais il la rassurait. Elle hésita un instant, puis l'appela. Après tout, c'est lui qui lui avait proposé de prendre un verre. Le plus difficile serait de ne rien lâcher de ce qui la préoccupait, et la meilleure solution était de l'emmener directement au lit. De toute façon, c'est bien ce qu'il cherchait, non ?

Comme d'habitude, Bartoldi répondit tout de suite. Mais cette fois, la chance ne sourit pas à Séverine.

– Je suis vraiment désolé, Docteur, dit-il d'un ton qui avait toutes les apparences de la sincérité, je suis de permanence ce soir. C'est trop dommage.

– Ce n'est pas grave, répondit-elle. La spontanéité de Quentin la fit sourire et atténua son désappointement. On va y arriver.

– J'espère bien, répondit-il avec enthousiasme. Vous savez, mes collègues du SAIP sont sur le pont. Il y a eu un règlement de comptes près de l'hôpital Saint-Louis. Un type exécuté au gros calibre par des motards. On se serait cru à Marseille !

Pourquoi lui disait-il ça ? Besoin de se faire mousser, de lui montrer que son métier aussi était palpitant ? L'évocation de cet assassinat froidement perpétré à quelques mètres d'elle la fit frissonner de nouveau.

– Intéressant, lâcha-t-elle, la bouche sèche. Vous me raconterez ?

– Bien sûr. On se voit demain ?

– Laissez-moi vous rappeler. Je ne suis pas encore certaine d'être libre.

– D'accord, dit-il, un peu déçu.

– Je vous appellerai, promit-elle.

Séverine raccrocha. Elle ressentait une excitation qu'elle ne connaissait que trop bien. Une envie impérieuse, physique, d'être dans les bras d'un homme.

Et elle n'était pas sûre de pouvoir attendre jusqu'au lendemain.

Elle alluma son ordinateur et commença à naviguer sur des sites de rencontre rapide.

*

Lorsque Séverine entra dans le bureau de Larozière à neuf heures tapantes, les traits un peu tirés par ses excès de la nuit, elle eut la désagréable surprise de constater que Christophe Thervaux, l'adjoint du chef de service, occupait un des fauteuils. Qu'est-ce que ça voulait dire ? Ça sentait mauvais.

Effectivement, le Patron l'attaqua d'emblée.

– Séverine, je t'ai demandé de venir car j'ai l'impression qu'il y a des problèmes en ce moment avec toi.

À côté d'elle, le fauteuil orienté parallèlement à celui du boss pour bien montrer leur proximité, Thervaux affichait un air satisfait qui l'indisposa au plus haut point.

– Je ne vois pas de quoi tu veux parler. Quels problèmes ?

– Écoute, il paraît que tu interroges les gens du service pour savoir s'ils n'ont pas dévoilé des informations médicales. Ça en a choqué beaucoup. Et qu'est-ce que c'est que cette histoire de convocation à la Répression des fraudes ?

Bingo ! Ça, c'était un coup de Chrystel, l'infirmière aux trop longues oreilles. Vexée par son interrogatoire, elle avait tout balancé. Désormais, elle s'en méfierait comme de la peste.

– Je ne t'ai pas parlé de cette histoire, répondit-elle en ignorant ostensiblement Thervaux, car ça n'en valait pas la peine. Quelqu'un qui s'est cru très malin, et c'est d'ailleurs sans doute quelqu'un du service, a envoyé une lettre de dénonciation en prétendant que j'avais favorisé le choix d'une société pour la fourniture d'azote liquide ! C'était tellement grotesque que les agents de la DGCCRF se sont excusés.

Larozière perdit un peu de sa superbe.

– Ah oui, c'est bizarre, cette affaire. Mais tu aurais dû m'en avertir, on aurait pu…

– On aurait pu quoi ? Mener une enquête ? Tu as vu comme c'est facile ! ironisa-t-elle.

– Non, bon, d'accord, mais j'aurais quand même aimé être au courant. Et justement, à propos d'enquête, ça veut dire quoi ces interrogatoires de tes collègues ?

On arrivait au point délicat. Séverine devait lâcher un peu de lest sans rien révéler des menaces dont elle était l'objet.

– Disons que j'ai eu quelques ennuis personnels qui m'ont fait oublier de t'en parler. Je ne voulais pas t'embêter avec ça. Quant à l'autre affaire qui m'a conduit à poser des questions, c'est parce que je suis confrontée en ce moment à un ressortissant albanais qui est venu en France pour se faire greffer et dont l'entourage est un peu… insistant. Je voulais juste savoir si d'autres collègues avaient eu à en pâtir.

– Ah, monsieur Dibra ? intervint Thervaux.

Séverine en resta bouche bée.

– Tu le connais ?

– Mais oui, ils sont venus me voir.

– À mon tour de dire que j'aurais aimé être au courant ! fit-elle observer sèchement.

– Mais ce n'était pas du tout pour une consultation ! Ils semblent d'ailleurs très satisfaits de ta prise en charge, répondit Thervaux avec une jubilation évidente, trop heureux de placer sa cadette en situation d'infériorité. Ils voulaient manifester leur reconnaissance. Nous les avons reçus avec Jean-Pierre…

Séverine allait de surprise en surprise. Elle fusilla son patron du regard, et celui-ci, un peu gêné, baissa les yeux.

– … Et ils nous ont donné un chèque pour notre association de recherche.

« Ils ont verrouillé de tous les côtés », pensa-t-elle.

– Et vous avez accepté ?

– Mais bien sûr ! Pourquoi pas ? C'est un homme d'affaires qui dispose de gros moyens, il va payer tous ses soins sans discuter, et son chèque était important : dix mille euros ! Tu te rends compte ?

– Je me rends très bien compte, oui, grommela-t-elle.

– Écoute, je ne comprends pas ce que tu as contre eux. Ce sont des gens bien. Et tu seras bien heureuse de trouver ces fonds pour te payer des congrès. Maintenant que les aides des labos sont de plus en plus réglementées…

Séverine n'en revenait pas. Elle eut un instant envie de proposer à Thervaux de prendre en charge Adrian Dibra, mais elle savait qu'il refuserait ce travail supplémentaire. C'était plus simple d'aller se faire mousser après la greffe en allant rendre visite au patient que de s'embêter à organiser tous les détails pratiques. Et puis elle était convaincue qu'ils ne la lâcheraient pas comme ça. Ils la soupçonneraient d'avoir vendu la mèche et Dieu sait ce qui pourrait se passer. Non, elle devait tenter de régler le problème seule. Mais comment ?

– En tout cas, conclut Larozière sur un ton paternel, si un souci quelconque te tracasse, n'hésite pas à venir m'en parler. Je te trouve préoccupée en ce moment. Tu es sûre que tout va bien ?

Séverine s'abstint de répondre, fit un hochement de tête qui pouvait être considéré comme un acquiescement, et prit congé sous le regard condescendant de Thervaux.

*

De retour dans son bureau, Séverine se laissa aller à un moment de découragement. Elle était coincée de toutes parts et dans l'impossibilité de partager sa détresse. Pour la première fois depuis longtemps, elle eut envie de s'octroyer quelques jours de repos. Justement, le pont de l'Ascension approchait. Après cette entrevue, Larozière ne ferait aucune difficulté pour lui autoriser quelques jours d'absence. Ce n'était pas un mauvais bougre. Mais il était difficile de prendre la suite du professeur Banari, un patron exceptionnel en termes de compétences et de qualités humaines.

Séverine avait choisi depuis peu l'endroit où elle voulait séjourner. Et elle comptait proposer à Vincent de l'accompagner.

Elle laissa un message à Quentin Bartoldi pour le prévenir qu'elle partait ce week-end et se sentit obligée cette fois de lui fixer un rendez-vous ferme pour la semaine suivante. Elle ne pouvait pas le laisser mariner indéfiniment et elle devait s'avouer qu'elle souhaitait en savoir un peu plus sur l'assassinat du technicien.

Chapitre 13

L'enquête sur le meurtre de Roger Marmont, le technicien du laboratoire d'histocompatibilité, commençait mal. L'homme, célibataire, sans famille à Paris, louait à bon marché un petit studio dans la rue de la Fontaine au Roi. Il habitait là depuis des années, à quelques centaines de mètres de son travail. Il menait une vie bien rangée, se liait peu avec ses collègues et ses voisins. On se demandait pourquoi un homme aussi paisible avait été la cible d'un assassinat qui évoquait un règlement de comptes.

Cependant, la perquisition de son domicile réserva des surprises. Les policiers du SAIP constatèrent que le studio avait déjà été visité. Un désordre indescriptible y régnait. Le contenu de l'armoire et de la commode était répandu au sol, le matelas du petit lit avait été retourné et éventré. On ne trouva pas trace d'un quelconque ordinateur.

L'examen du compte bancaire de Marmont confirma néanmoins qu'il payait un abonnement à Internet. Le ou les visiteurs avaient donc emporté l'ordinateur. De plus, les relevés bancaires attestaient qu'un versement inhabituel de trois mille euros avait été effectué récemment en espèces.

Au vu de ces éléments, le procureur saisit la Crim'.

*

La Clio roulait bon train sur l'A13. L'autoroute était chargée mais la circulation était fluide. Ils arrivaient déjà à Caen. Prendre la route le jeudi de l'Ascension au lieu du mercredi soir se révélait préférable. Vincent ne râlerait pas trop à cause des bouchons. Il avait accepté ce week-end avec sa mère d'assez bonne grâce car il était passionné par l'histoire de la Deuxième Guerre mondiale. Séverine lui avait donc « vendu » la visite des plages du Débarquement. Ça lui permettrait de faire un petit détour par le berceau de la famille Dombre et peut-être de lui faire prendre un peu conscience de ses racines du côté maternel. Elle-même connaissait mal l'histoire des siens. Elle savait que sa mère avait hérité d'une fortune familiale acquise dans l'industrie textile. Séverine n'avait que deux ans lorsque son père était mort, et sa mère ne lui avait guère parlé de la famille de Philippe Dombre ; elle n'en savait sans doute pas grand-chose.

Michel, le père de Vincent, avait été étonné par la demande inhabituelle de Séverine, qui ne se battait pas pour prendre son fils les week-ends, c'est le moins qu'on puisse dire. Mais il avait accepté. Après tout, si Vincent se rapprochait enfin un peu de sa mère, on ne pouvait que s'en féliciter. Et Stéphanie, sa nouvelle femme, ne cherchait pas à prendre la place de Séverine. Quant à Léa, qui adorait son demi-frère, elle avait justement un emploi du temps chargé avec ses copines de classe.

Séverine avait déniché un hôtel à l'extrême ouest d'Omaha Beach, le logis hôtel du Casino à Vierville-sur-mer. Les deux chambres joliment décorées donnaient sur la mer et l'hôtel disposait de deux restaurants avec terrasse. Le musée du D-Day se trouvait à cinq cents mètres, la pointe du Hoc à quelques kilomètres. Bref, un emplacement idéal pour découvrir ce haut lieu d'histoire.

Et Vierville-sur-mer n'était qu'à une vingtaine de kilomètres de l'endroit que Séverine souhaitait visiter.

*

Au début de cette escapade, Séverine éprouvait des sentiments mitigés pour Vincent. Elle ne pouvait s'empêcher de nourrir une certaine amertume. Menacé par ces foutus Albanais, ce garçon qu'elle avait jusqu'à présent maintenu à l'écart de sa vie venait perturber son univers professionnel, le seul qui comptait vraiment pour elle. Mais d'un autre côté, un sentiment nouveau la troublait profondément. Elle devait protéger ce fils qu'elle redécouvrait et à qui on voulait faire du mal.

Sa main droite lâcha le volant et se posa sur le genou de Vincent.

– Ça va ? Pas trop fatigué ? dit-elle.

Vincent lui jeta un regard surpris. Décidément, sa mère avait changé !

– Non, c'est cool. On arrive quand ?

– Bientôt. Après Caen, c'est Bayeux et après plus qu'une vingtaine de kilomètres.

– Génial ! On commence la visite cet après-midi ?

– Bien sûr. Par Omaha Beach et les environs. Il y a beaucoup à voir.

– J'ai emporté de quoi prendre des notes, dit Vincent fièrement en tapotant un cahier posé sur ses genoux.

– Bravo. Ce sera encore plus profitable. J'y pense : tu pourrais faire un exposé dans ta classe d'histoire, si vous étudiez cette période.

– J'y compte bien ! C'est au programme.

Séverine savoura cet instant. Ça ne commençait pas si mal. Restait à espérer que Vincent ne freine pas des quatre fers lorsqu'elle lui proposerait un petit détour par la campagne au retour…

*

L'hôtel correspondait en tous points à la description du site. Un motif supplémentaire de satisfaction pour Séverine : Vincent paraissait ravi. Après avoir pris possession de leurs chambres, mère et fils s'installèrent sur la terrasse de la brasserie et déjeunèrent en profitant de la magnifique vue sur la mer. La chance leur souriait : il faisait un temps superbe, sans un nuage. Puis, ils marchèrent quelques heures le long de la plage d'Omaha, longue de huit kilomètres, cette plage surnommée « Bloody Omaha », où les Alliés avaient failli reculer sous le feu nourri des batteries allemandes, en raison de pertes énormes. Parfois, Vincent s'arrêtait pour prendre des notes ou dessiner des croquis. Ils ne parcoururent qu'une moitié de la promenade, ils voulaient revenir à Vierville à temps pour visiter avant la fermeture le musée du D-Day, installé dans un ancien hôpital militaire américain, et regorgeant de matériel et d'objets rares.

Le soir, épuisés, ils dînèrent et se couchèrent de bonne heure.

*

Le lendemain matin, toujours sous un soleil éclatant, Séverine et Vincent se rendirent à la pointe du Hoc. L'endroit, très impressionnant, portait les traces des multiples attaques et contre-attaques qui s'y étaient déroulées au moment du Débarquement. La terre était déformée par de nombreux trous d'obus, même le blockhaus penchait de côté, soulevé par la puissance des explosions. La souffrance des hommes qui avaient reçu ce déluge de feu des heures durant imprégnait les lieux. Vincent, fasciné, s'animait de plus en plus. Séverine en ressentit une émotion mêlée de tendresse pour ce garçon d'habitude si rugueux avec elle.

Ils partirent ensuite à Arromanches-les-Bains où ils déjeunèrent en contemplant les vestiges du port artificiel installé par les Alliés, puis ils allèrent visiter la batterie de Longueville-sur-mer, située à la jonction entre Omaha Beach et Gold Beach, restée dans un état de conservation impressionnant avec ses quatre canons de 150 mm et qui avait servi de décor pour une scène du *Jour le plus long*.

Leur journée prit fin avec la visite du cimetière américain de Colleville-sur-mer, avec son alignement poignant de croix à perte de vue. Ce cimetière apparaissait dans un autre film sur le Débarquement *(Il faut sauver le soldat Ryan)*.

Vincent semblait enchanté. Le soir, après le dîner, en quittant Séverine pour rejoindre sa chambre, il lui glissa en l'embrassant : « Merci, Maman. C'était une super-idée ! »

Elle se détourna pour lui cacher les larmes qui perlaient à ses yeux.

Chapitre 14

Le dimanche matin, le ciel s'était couvert. Alors qu'ils prenaient leur petit-déjeuner à l'hôtel, Vincent posa la question que Séverine attendait et redoutait.

– Et aujourd'hui, qu'est-ce qu'on fait ? On a encore le temps de visiter un site ?

Elle rassembla tout son courage. C'était le moment de vérité.

– Eh bien, il vaudrait mieux qu'on ne rentre pas trop tard sur Paris parce que ça va bouchonner, mais j'aimerais bien voir un dernier endroit.

– Ah, quoi donc ?

– En fait, ce n'est pas vraiment un site historique, il s'agit du village où mon père – ton grand-père – est né. Je n'y suis jamais allée, c'est à une trentaine de kilomètres dans les terres. Il s'appelle Delaiseville.

Voilà. C'était lâché. Mais contre toute attente, Vincent parut intéressé. Ces deux jours passés dans les souvenirs de la Deuxième Guerre mondiale lui avaient ouvert l'appétit !

– Cool, ça va être sympa.

Ils bouclèrent leurs valises et prirent la route vers onze heures.

*

La petite route serpentait au milieu du bocage normand, interrompue par de multiples croisements. Les panneaux indiquaient des noms qui leur étaient pour la plupart inconnus, à l'exception de celui de Bayeux qui revenait souvent. La ville se trouvait à vingt kilomètres de là. On avait beau être près de la côte, c'était déjà la campagne profonde. Sans son GPS, Séverine aurait été incapable de trouver le chemin.

Ils arrivèrent à midi au village de Delaiseville, sous une pluie fine qui rendait le paysage assez sinistre. Séverine avait fait des recherches sur Google avant de partir, et elle savait que le village ne comptait que trois cent quatre-vingt-douze habitants au dernier recensement.

À l'entrée du village, ils aperçurent le cimetière et Séverine proposa de s'arrêter pour chercher le nom de ses grands-parents. L'endroit était désert. Séverine et Vincent se séparèrent pour gagner du temps et parcoururent les travées chacun de leur côté.

C'est Vincent qui trouva le premier.

– Maman, je crois que c'est ici !

Elle le rejoignit devant une tombe à l'abandon. La pierre était couverte de mousse, inclinée sur le côté. Brisée à sa base, la croix était renversée. Vincent grattait la mousse avec son canif.

– Regarde.

L'inscription était maintenant bien lisible :

Gustave Dombre, 1912-1962.

Marguerite Dombre, née Valin, 1919-1964.

Séverine resta un moment immobile devant la sépulture de ses grands-parents, saisie par une étrange émotion. Son père était-il revenu ici entre 1966, date de son arrivée à Paris, et sa mort en 1972 ? Elle s'aperçut qu'elle ne connaissait rien de son histoire. Elle n'avait même pas fouillé dans les papiers de ses parents, sauf pour chercher les documents nécessaires à la succession.

– Maman, viens voir.

Vincent s'était éloigné et regardait une grande croix érigée au centre du cimetière.

– Dis donc, il s'est passé des événements terribles ici, ajouta-t-il avec un regain d'intérêt.

Une plaque en marbre ornait le socle sur lequel était fixée la croix. Un texte était gravé.

« À la mémoire des vingt et un habitants de Delaiseville assassinés par les nazis le 8 juin 1944 »

*

Le village semblait inhabité. Aucun commerce, pas même une boulangerie ou une supérette. Séverine commençait à se demander où ils pourraient manger lorsqu'elle aperçut, près de la petite église, un bar-tabac-restaurant baptisé sans grande originalité Café des voyageurs. Un nom plutôt inapproprié eu égard à la fréquentation du coin. Il y avait de la lumière à l'intérieur. Ouf… Au pire, ils pourraient avaler un sandwich, même si ça ne comblait pas tout à fait l'appétit de son fils. Ensuite, avant de repartir, elle chercherait la maison où avaient vécu ses grands-parents.

Vincent, qui avait l'œil partout, la héla de nouveau.

– Tu as vu ça ?

La rue où se trouvait le seul commerce du village s'appelait « rue des Fusillés ».

Ils poussèrent la porte de l'établissement et entrèrent.

*

La salle résonnait de conversations bruyantes, le niveau des décibels suivant de près l'alcoolémie des consommateurs. Une vingtaine de personnes, ayant pour la plupart largement dépassé la cinquantaine, occupait les lieux, dont une bonne moitié au comptoir. Séverine remarqua avec soulagement que certains clients étaient attablés devant une assiette bien garnie. Ils servaient donc à manger.

Les discussions s'interrompirent à leur arrivée. Les visages se tournèrent vers eux, certains hochèrent la tête en guise de bonjour. Derrière le bar, un homme aux joues colorées et à la bedaine avantageuse les accueillit d'un sonore « Bonjour messieurs dames ! »

– Bonjour, répondit Séverine. Serait-il possible de déjeuner ?

– Mais bien sûr, ma petite dame. Installez-vous là, je vous prépare le couvert, dit-il en désignant une table en coin, un peu à l'écart.

La décoration de la salle aux poutres apparentes était sommaire, mais sympathique, avec des nappes à carreaux.

Le patron revint et annonça fièrement :

– Alors, aujourd'hui, le menu du jour, c'est andouille de Vire, escalope à la crème et tarte Tatin. Tout fait maison, par la patronne !

Un menu très classique pour la région, mais qui promettait assez de calories pour tenir des heures et qui pouvait se révéler succulent. Arguant de la longue route à faire, Séverine réussit à refuser le vin et à s'en tenir à l'eau gazeuse.

C'est la patronne elle-même, une petite brune toute aussi enrobée que son mari, qui apporta les plats. Sa cuisine était délicieuse. Vincent n'en laissa pas une miette.

Le mari revint peu après.

– Alors, c'est bon, hein ?

– Excellent, vous aviez raison, le félicita Séverine.

– Ah mais c'est qu'elle cuisine bien, la Catherine, dit-il en tapotant son ventre rebondi.

Sa jovialité était communicative.

– Vous faites du tourisme dans la région ? reprit-il.

– Oui, on vient de visiter les plages du Débarquement.

– Ah oui, bien sûr. Parce qu'ici, il n'y a plus beaucoup de passage. Comme vous avez sans doute remarqué, le village est bien mort. Heureusement qu'il nous reste ça, dit-il en balayant son domaine d'un large geste du bras.

– En fait, je ne suis pas venue par hasard. Mon père est né à Delaiseville et mes grands-parents sont enterrés ici.

– Ah bon ? Et comment s'appelaient-ils ?

– Dombre. Gustave et Marguerite Dombre.

Le silence se fit d'un coup dans la pièce et tous les visages se tournèrent de nouveau vers eux.

– Gustave… Vous êtes la petite-fille de Gustave ? balbutia l'homme soudain beaucoup moins rouge.

– Oui, et j'aurais bien aimé voir sa maison, si elle existe encore.

– Bien sûr qu'on va vous la montrer, sa maison. Mais surtout, je vais vous emmener voir ma mère. Elle est très âgée, mais elle a connu votre grand-père et même votre père avant qu'il quitte le village. C'était bien Philippe qu'il s'appelait, hein ?

Séverine ne s'attendait pas à ce qu'on se souvienne aussi bien de sa famille. C'est vrai que le village était tout petit.

– Avec joie, si ça ne vous dérange pas.

– Je vous sers le café et on y va. C'est tout près d'ici et la maison de Gustave se trouvait tout à côté.

Le patron repartit vers la cuisine et Séverine l'entendit marmonner : « Incroyable, la petite-fille de Gustave… Si longtemps après… »

*

Séverine régla une note d'autant plus raisonnable que le patron leur offrit le café. Ils partirent ensemble, empruntant la rue des Fusillés. Vincent ralentit, cherchant à déceler des traces d'impact de balles sur le mur. Leur guide remarqua son geste.

– Oui, c'est là que ça s'est passé. Maman vous expliquera tout, dit-il.

Un peu plus loin, il s'arrêta devant deux maisons contiguës et désigna celle de droite.

– Votre grand-père habitait dans cette maison. Votre père l'a vendue à un des habitants du village lorsqu'il est parti à Paris, dans les années soixante.

– En 1966, précisa Séverine.

– Oui, deux ans après la mort de votre grand-mère.

L'émotion ressentie par Séverine ne l'empêcha pas d'être intriguée par la mémoire d'Hervé Delaunay, le patron du Café des voyageurs.

– Et Maman habite ici, dit Hervé en désignant la maison de gauche.

Effectivement, ils ne pouvaient guère être plus près. Le cœur de Séverine se mit à battre plus vite.

– Je l'ai appelée avant de venir, ça risquait de lui faire un choc si on avait déboulé comme ça, ajouta-t-il en poussant la porte d'entrée.

*

Marie Delaunay approchait de quatre-vingt-dix ans, mais semblait avoir gardé toutes ses facultés intellectuelles malgré des difficultés pour se mouvoir. Elle saisit les mains de Séverine dans les siennes et les garda un long moment.

– Ça alors, si j'avais pu deviner qu'un jour… Vous êtes la petite fille de Gustave… Et ce grand garçon, c'est votre fils ? Comment t'appelles-tu ?

– Vincent, répondit l'adolescent avec une timidité inhabituelle.

– Quel âge as-tu, jeune homme ?

– Seize ans en août prochain.

– Asseyez-vous près de moi, tous les deux. Hervé, tu nous fais un peu de café ?

L'intéressé s'affairait déjà dans la cuisine.

– On ne pensait jamais revoir quelqu'un de la famille Dombre ici, après le départ de Philippe…

– Mon père est mort dans un accident de voiture lorsque j'avais deux ans, je ne l'ai pas connu, expliqua Séverine. Je ne sais pas pourquoi il est parti sans conserver sa maison à Delaiseville.

Une expression fugitive de surprise traversa le visage ridé de Marie.

– Tu ne sais donc pas ce qui est arrivé ici ? Tu permets, je te tutoie, j'ai bien connu Gustave et Philippe. Je suis de 1928, j'étais entre les deux.

– Non, je n'ai rien su. Maman ne m'en a jamais parlé, je ne suis pas sûre qu'elle ait été au courant de quoi que ce soit. Elle a rencontré mon père à Paris alors qu'il travaillait à la Banque Nationale de Paris…

– Alors, je vais vous raconter. C'est important pour ton fils aussi.

Séverine comprit aussitôt qu'elle n'échapperait pas aux encombrements du retour. Mais elle brûlait d'envie d'en apprendre plus sur sa famille paternelle.

Et un rapide coup d'œil à Vincent lui fit comprendre que le garçon était tout aussi intrigué qu'elle.

Chapitre 15

– C'est arrivé deux jours après le Débarquement. J'avais tout juste seize ans. Comme Vincent, tiens. Je ne sais pas si vous pouvez imaginer l'atmosphère… Le déluge de feu qui s'abattait à trente kilomètres d'ici, les bombes qui faisaient trembler le sol ; heureusement elles n'ont pas touché le village. Les avions qui ne cessaient de vrombir dans le ciel, les explosions… On se cachait et en même temps on était surexcités.

Dès le lendemain, on savait que le Débarquement avait réussi. Les troupes alliées commençaient à pénétrer dans l'intérieur des terres. Tout près d'ici, Bayeux était la première ville de France libérée. Les Allemands reculaient, mais en ordre dispersé, utilisant au mieux le bocage normand pour se défendre.

C'est alors qu'un habitant du village, Albert Morin, ancien combattant de la Grande Guerre… enfin un combattant de la dernière heure ou de la dernière année, pourrait-on dire, il était de 1900 et s'est engagé le jour de ses dix-huit ans en 1918… Bref, cet idiot, veuf et père d'un enfant de quatorze ans, a voulu faire le coup de feu contre les Allemands. Le 8 juin, il est parti avec son vieux fusil dans le bocage, qu'il connaissait comme sa poche, s'est embusqué et a tué sans prendre de grands risques un soldat isolé. Puis, il est allé se cacher chez des amis dans un village voisin. Très courageux de sa part.

Marie ne semblait pas porter le dénommé Morin dans son cœur.

– Ça n'a pas raté. Une heure plus tard, un peloton allemand est entré dans Delaiseville. Ils ont pris vingt-deux otages au hasard, oui vingt-deux, va savoir pourquoi ce chiffre précis, et les ont collés au mur.

Vincent suivait le récit, fasciné, la bouche entrouverte.

– L'officier a demandé qu'on dénonce celui qui avait tué un de ses hommes. Mais nous, on n'était même pas au courant de cette attaque stupide. On ne pouvait rien dire. Alors…

Sa voix s'étrangla. Plus de soixante-dix ans après le drame, elle revivait la scène. Dans un geste spontané, Séverine lui saisit la main. Hervé, debout derrière sa mère, pétrissait son épaule pour la consoler.

– Alors, ils les ont fusillés. L'officier a achevé ceux qui bougeaient encore. C'était horrible. Tu comprends… on avait presque tous un membre de la famille au mur. Mon frère aîné Martin y était.

Elle fondit en larmes. Hervé l'entoura de ses bras, lui tendit un mouchoir.

– Maman…

– Laisse, il faut que Séverine sache.

Elle se moucha et reprit son récit :

– Après que ces sauvages eurent quitté le village, on s'est aperçu qu'un des otages n'était pas mort. Il avait reçu plusieurs balles, mais s'était trouvé protégé par les corps de ses camarades et respirait encore.

Séverine comprit pourquoi la plaque commémorative du cimetière parlait de vingt et un tués et non vingt-deux. Quelle chance inimaginable avait eu cet homme… Ça lui rappelait l'histoire racontée par un de ses patrons, d'un professeur de médecine qui avait échappé à la mort dans des conditions similaires.[1]

– Celui qui a survécu, c'était ton grand-père, Séverine. Gustave Dombre.

*

Séverine et Vincent ne pensaient plus du tout au retour et aux encombrements qui les attendaient. Et Marie Delaunay n'en avait pas terminé.

– Gustave s'est remis lentement de ses blessures. Il a même eu un fils deux ans plus tard : ton père Philippe. Mais entre-temps, l'ambiance avait changé. Albert avait laissé son fils Ernest chez une amie à Delaiseville, mais il ne venait plus ici. De toute façon, même avant, il ne s'occupait guère d'Ernest. Personne n'adressait la parole au gamin ni à sa « nounou ». Fin 1944, ils ont quitté le village et ont rejoint Albert à Saint-Laurent-sur-mer, où il s'était réfugié et où il paradait en jouant au grand résistant alors qu'il avait causé la mort de vingt et un innocents !

---

1. Il s'agit du professeur Roger Perelman, pédiatre parisien, qui a échappé à une fusillade collective près d'Auschwitz le 23 janvier 1945. Blessé à la main, il fit le mort et réussit à s'enfuir.

Et puis, quelques mois plus tard, peu avant l'armistice, on a trouvé Albert mort dans le bocage près de Saint-Laurent, tué de plusieurs coups de couteau en plein cœur. On n'a jamais retrouvé l'assassin.

Séverine se doutait que Marie ne lui disait pas tout. Elle la questionna du regard.

– Oh bien sûr, les gendarmes connaissaient l'histoire de Delaiseville. Alors ils sont venus fouiner ici. Un peu. Sans trop insister. Ils ont même interrogé ton grand-père, mais Gustave avait un alibi en béton. Plusieurs d'entre nous le confirmèrent. Il était au Café des voyageurs avec nous. C'est mon père qui tenait encore le bar à cette époque.

Elle regarda bien en face son interlocutrice. Elle n'en dirait pas plus à cause de Vincent, mais Séverine avait compris.

– Et le fils d'Albert, qu'est-il devenu ?

– Ah ! Le pauvre Ernest ? Ça a été assez dur pour lui, évidemment. Sa mère partie alors qu'il avait sept ans, son père détesté par tout le village et tué alors qu'il en avait quinze… Il a été élevé par cette amie et s'est marié très jeune, à vingt ans. Mais lui et sa femme sont décédés dans un accident deux ans plus tard. C'est bien triste.

Séverine et son fils étaient abasourdis par cette histoire, et Séverine mesurait le lourd secret qui pesait sur le village. Delaiseville mourait à petit feu, bientôt les derniers survivants de cette époque disparaîtraient et il n'en resterait aucune trace.

– Et pourquoi Philippe est-il parti ?

– Oh tu sais, tous ces souvenirs étaient trop pesants. Il avait terminé ses études au lycée de Bayeux. Il s'y rendait à vélo tous les jours. Un courageux, ton père. Gustave est mort en 1962. Ta grand-mère Marguerite en 1964. La toute nouvelle Banque Nationale de Paris recrutait. Philippe a vendu la maison et il est parti pour la capitale.

Séverine jeta un œil à sa montre. Il était déjà quinze heures trente. Elle se leva.

– Marie, je ne vous remercierai jamais assez. Grâce à vous, je connais enfin mes racines.

– Je suis tellement heureuse que tu sois venue avec ton fils, dit la vieille femme en l'étreignant.

– Je reviendrai vous voir, c'est promis.

– Alors, fais vite ! L'horloge tourne, répondit Marie en souriant.

– Maman ! intervint Hervé en la serrant contre lui.

Séverine échangea ses coordonnées avec le sympathique patron du Café des voyageurs et l'embrassa aussi. Vincent eut à son tour droit à la bise de la mère et du fils.

– Au revoir, mon grand, lui dit Marie en lui tapotant affectueusement l'épaule.

*

La porte refermée, Hervé resta silencieux jusqu'à ce qu'il entende la Clio démarrer un peu plus loin.

Alors seulement, il s'adressa à sa mère.

– Pas trop épuisée, Maman ?

– Un peu, mais ça m'a fait si plaisir de la rencontrer !

– Pourquoi tu ne lui as pas tout dit ?

– Ça aurait changé quoi ? Autant qu'elle garde la meilleure image possible de son grand-père !

*

Après avoir contourné Caen, Séverine s'engagea sur l'autoroute A13, déjà assez chargée. Vincent demeurait perdu dans ses pensées depuis le départ.

– Tu dois être crevé ?

– Ah non, c'était fabuleux !

L'enthousiasme de sa réponse fit plaisir à Séverine.

– Et puis, cette histoire dans le village de ton grand-père, c'est top !

– C'est vrai. Et ça ne doit sans doute pas être le seul endroit où des faits similaires se sont déroulés.

– Oui, tout n'est pas toujours si simple. Du coup, j'ai envie de me documenter.

La mère ressentit une bouffé de fierté pour ce fils qu'elle connaissait encore si mal. Mais elle n'était pas au bout de ses surprises.

– Maman ?

– Oui ?

– En fait, Albert, tu ne crois pas que c'est ton grand-père qui l'a tué, avec la complicité de tout le village ? Moi, je verrais bien les choses comme ça.

Chapitre 16

– Faisons le point, lança le commandant Claude Chaudron. Qu'avons-nous d'intéressant ?

Le groupe était au complet : l'adjoint de Claude, le capitaine Maurice Pivert, les lieutenants Ange Robin, Sami Helal, Nathalie Machaut et Alain Versoni, sans oublier le lieutenant Tran, le talentueux procédurier.

– Eh bien, commença Nathalie Machaut, la victime, Roger Marmont, était un type sans histoire, sans famille non plus d'ailleurs. Il était originaire de Tours. Il y a obtenu son diplôme de technicien de laboratoire médical et, à la mort de ses parents et de sa sœur aînée, décédés de maladie à quelques années d'intervalle, il est venu s'installer à Paris, où il a décroché un emploi au laboratoire d'histocompatibilité de l'Hôpital Saint-Louis. L'homme était célibataire, inconnu des services de police, un peu plus connu de sa banque car il était fréquemment à découvert…

– On sait pourquoi ? demanda Claude.

Elle appréciait Nathalie Machaut parce qu'elle remplissait toujours ses missions avec un enthousiasme et une précision remarquables. Et puis, bien sûr, c'était aussi une femme qui, dans ce milieu très masculin, apportait souvent un point de vue utile.

– Pas vraiment. Certes, son salaire était modeste pour vivre à Paris. On s'est d'abord demandé s'il dépensait son argent avec des prostituées. En fait, il jouait souvent aux courses. Lors de l'enquête de voisinage, on a repéré un bar tabac PMU non loin de chez lui et il en était un client assidu.

– Et sait-on pourquoi on a fouillé son appartement et emporté son ordinateur ?

– Pour la visite de l'appartement, dit Tran, je me demande si les cambrioleurs ne cherchaient pas de l'argent liquide planqué chez lui.

– Ça voudrait dire qu'il avait reçu une grosse somme pour une raison qui reste à déterminer. Ou qu'il avait lui-même dévalisé quelqu'un.

– Possible. Il a récemment déposé trois mille euros en espèces sur son compte. La banque n'a cependant pas posé de questions : il était une fois de plus à découvert depuis quinze jours et ils étaient trop contents de récupérer de l'argent. Mais s'il en avait mis davantage, ils l'auraient sans doute interrogé. Il avait peut-être gardé de l'argent liquide chez lui.

– C'est bizarre, une vie apparemment rangée, qui prend fin par une exécution… Tu as pu analyser ses mails ?

– Oui. On n'a pas encore fini d'éplucher ses fichiers, continua Tran, mais jusque-là rien de suspect, en dehors de quelques incursions sur des sites pornos. Adultes, je précise.

– Bien, reprit le commandant Chaudron. Donc, un type solitaire, qui avait du mal à boucler ses fins de mois notamment parce qu'il jouait un peu trop aux courses, et qui a touché une grosse somme d'argent en espèces. Soit il s'est livré à un cambriolage, et je n'y crois pas beaucoup, à moins qu'il ait bien trompé son monde, soit il a été payé pour une activité frauduleuse.

– On n'a jamais rien eu à lui reprocher dans son travail, ses collègues et sa patronne sont formels. Mais un détail m'a frappé.

– Quoi donc ? Claude Chaudron leva un sourcil, dans une expression qui lui était familière.

– On n'a pas retrouvé de portable chez lui. Mais on a mis la main sur une facture, ce qui nous a permis d'avoir accès à ses relevés de communication.

– Et ?

– Il passait et recevait peu d'appels, et en majeure partie avec son laboratoire à l'hôpital. Mais il a reçu plusieurs coups de téléphone ces dernières semaines, qui provenaient à chaque fois d'un numéro différent. Rien de surprenant à première vue, mais il se trouve que ces numéros correspondaient à des cartes prépayées. Impossible de retrouver les propriétaires. C'est quand même curieux.

– Tiens, tiens, tiens…

Une fois de plus, la méticulosité de Tran était payante.

– Il y a peut-être une autre piste à explorer, bien que je ne voie aucun rapport évident, intervint le lieutenant Machaut.

– Accouche, Nathalie, tu sais que je ne crois guère aux coïncidences, sourit Claude.

– L'après-midi du meurtre, une doctoresse de l'hôpital Tenon est passée au labo demander des renseignements au sujet d'un patient en attente de greffe. Elle voulait savoir s'il était connu du laboratoire auparavant.

– Et alors ?

– Et c'est tout. La réponse a été négative : il n'y avait aucune trace d'examen antérieur, et la doctoresse est partie comme elle est venue.

– Et pourquoi penses-tu que c'est peut-être une piste à explorer, Nathalie ?

– Si j'ai bien compris les explications de la laborantine, c'est Roger Marmont qui avait traité les prélèvements sanguins du malade pour le groupage tissulaire. Elle s'en souvenait et lui a posé la question. Et il a confirmé qu'il n'y avait eu aucune détermination antérieure chez le patient.

Claude resta un moment perdue dans ses pensées.

– Tu as raison, Nathalie. C'est ténu, mais on ne peut laisser ça de côté. C'est un curieux hasard. Tu as noté le nom du médecin en question ?

– Bien sûr, Chef, répondit le lieutenant Machaut en souriant.

– Eh bien, on va aller lui rendre une petite visite toutes les deux. Ça fait longtemps qu'on ne s'est pas rendues dans un hôpital…[1]

– Okey, dit Nathalie, toujours heureuse d'accompagner sa chef de groupe qu'elle admirait.

– Maurice, répartis les autres membres du groupe pour peaufiner l'enquête de voisinage. Tran, termine au plus vite l'analyse des mails, examine en détail les relevés de téléphones, fixe et portable. On refait un point bientôt. Il y a forcément une sombre histoire derrière tout ça. Et il faut qu'on la trouve !

---

1. Voir *Le Septième Péché* et *L'Étrange Halloween de Monsieur Léo* (Éditions Glyphe).

Chapitre 17

Malgré l'heure tardive, la circulation n'avait pas été trop chargée et Séverine gardait un souvenir bouleversant de ce long week-end. Non seulement à cause de ces troublantes révélations sur son grand-père, mais aussi parce qu'elle ressentait une proximité qu'elle n'avait jamais connue avec Vincent. Celui-ci l'appela même le lundi soir pour la remercier, ce qui l'émut aux larmes.

Le mardi soir, elle rencontra comme prévu Quentin Bartoldi et passa une soirée fort agréable. Elle lui raconta son week-end en Normandie. Le jeune policier semblait à la fois dévoré par le désir et intimidé par cette belle femme plus âgée que lui. Elle finit par en être troublée. Séverine lui demanda innocemment quelques nouvelles du règlement de comptes près de l'Hôpital Saint-Louis, dont il lui avait parlé. Il lui dit qu'il s'agissait d'un membre du personnel de l'hôpital et lui apprit que l'affaire avait été confiée à la Brigade Criminelle. Quentin ne paraissait pas au courant de la visite de Séverine au laboratoire d'histocompatibilité, quelques heures avant l'assassinat du technicien, mais Séverine savait qu'elle devrait se préparer à une visite de la police : elle avait laissé son nom là-bas et ils allaient explorer toutes les pistes. Encore une complication ! Car il était hors de question qu'elle explique les vrais motifs de sa petite enquête. Les Albanais le sauraient aussitôt et…

Séverine chassa ces mauvaises pensées et décida de profiter de sa soirée. Elle se laissa entraîner chez Quentin pour un dernier verre, sachant ce qui allait se passer. Bartoldi habitait dans un petit deux pièces simple mais propret à Montreuil. Il était originaire de Marseille et espérait y retourner un jour ; toute sa famille vivait là-bas.

Ce fut elle qui prit l'initiative et l'embrassa. Un peu surpris, le jeune homme répondit très vite à ses caresses. Séverine découvrit avec étonnement un amant expérimenté et attentif à la satisfaire.

Plus tard, elle se sentit obligée de le mettre en garde. Elle craignait qu'il tombe amoureux d'elle : il était si tendre.

– Quentin, c'était une merveilleuse soirée, mais…

– Je sais très bien que tu n'es pas une femme pour moi, Séverine. Inutile de me prévenir. Simplement, je t'aime beaucoup, je t'admire et je sens que tu as beaucoup d'ennuis dont tu ne parles pas. Je veux juste que tu saches que je suis là et prêt à t'aider dans la mesure de mes moyens si tu le souhaites.

– Tu es adorable, Quentin, et perspicace. Je me souviendrai de ta proposition, même si je ne suis pas en état d'y répondre maintenant. Mais je ne sais pas comment te dire ça, et je ne voudrais pas que tu y voies l'indice d'un mépris quelconque, ton éducation, ton langage…

– … ne sont pas ceux d'un brigadier-chef, c'est ça ? compléta le jeune homme en souriant.

Séverine resta sans voix. Malgré la différence d'âge, Quentin menait le jeu. C'est bien la première fois que ça lui arrivait !

– Tu sais, je voulais faire des études supérieures et devenir magistrat, mais nous étions quatre enfants, mon père s'est trouvé au chômage, ma mère ne travaillait pas… Alors, après mon bac, j'ai passé sans difficulté le concours national à affectation en Ile-de-France, et j'ai atterri à Paris. Après quatre ans, j'ai obtenu la qualité d'officier de police judiciaire et j'ai été promu brigadier, puis cinq ans plus tard brigadier-chef. Et j'aimerais bien accéder au corps des officiers avant de repartir sur Marseille. Mais il faut que je sois reçu au concours.

Il en voulait ! Séverine éprouva respect et admiration pour son jeune amant et, de façon inattendue, son désir se réveilla.

*

Les craintes de Séverine se révélèrent exactes. Dès le lendemain, Chrystel vint la prévenir avec un sourire narquois que « la police » demandait à lui parler. L'infirmière n'avait pas digéré ses questions. Une rancunière.

Elle eut la surprise de découvrir deux femmes séduisantes. Toutes deux de taille moyenne, une blonde aux cheveux coupés court et aux yeux bleus, qui devait être la chef, et une brune plus jeune aux cheveux longs bouclés et au teint mat. La police évoluait !

La femme blonde prit l'initiative et lui montra sa carte barrée de tricolore.

– Docteur Dombre, pardonnez-nous de vous déranger. Je suis le commandant Claude Chaudron, de la Brigade Criminelle, et voici le lieutenant Nathalie Machaut. Serait-il possible de vous voir quelques minutes ? Nous aurions besoin de votre témoignage à propos d'une affaire.

Séverine bénit les ateliers de théâtre auxquels elle avait participé à l'école qui lui avaient donné ses talents de comédienne. Elle afficha un air stupéfait.

– La Brigade Criminelle ? Mais à quel sujet ? Serait-ce à cause du jeune patient en coma dépassé que nous avons reçu il y a quelque temps ?

– Non, il s'agit d'autre chose. Pouvons-nous nous installer quelque part pour discuter ?

– Bien sûr. Allons dans mon bureau. Mais vous m'inquiétez.

– Pas de souci, Docteur. Nous avons juste quelques questions à vous poser.

Séverine les précéda. Spontanément, elle se trouvait plus en confiance avec ces deux femmes sympathiques qu'avec des policiers mâles, mais elle savait qu'elle devait se méfier doublement. C'était certainement de redoutables professionnelles. Heureusement, en revenant de chez Quentin, elle avait pris le temps de préparer les réponses aux questions qu'elle redoutait, au détriment de son sommeil.

Elle installa les deux fonctionnaires de police dans son bureau, ferma la porte et prit place en face d'elles.

– Alors, de quoi s'agit-il ?

– Docteur, commença Claude Chaudron, nous enquêtons sur le meurtre d'un certain Roger Marmont. Vous connaissez cet homme ?

– Non, je ne vois pas de qui il s'agit.

– Pourtant, vous êtes une des dernières personnes à l'avoir vu vivant.

– Pardon ?

Elle se dit qu'elle avait dû pâlir brutalement. Les flics restaient des flics. Pas leur pareil pour déstabiliser un témoin. Elle s'était préparée à tout sauf à ça. On l'avait donc vue suivre le technicien ?

– Je ne comprends pas... reprit-elle, cherchant à gagner du temps et à reprendre ses esprits.

– Si je vous dis qu'il s'agit d'un technicien du laboratoire d'histocompatibilité de l'hôpital Saint-Louis, ça vous parle davantage ?

– Ah... Saint-Louis, je me rappelle, mais... je ne connaissais pas son nom. Qu'est-il arrivé ?

Séverine réalisa qu'elle venait de faire une gaffe énorme. Si elle avait été repérée à la sortie de Saint-Louis, on saurait tout de suite qu'elle mentait en prétendant ne pas connaître la victime.

– Monsieur Roger Marmont a été assassiné alors qu'il quittait son travail le lundi de la semaine dernière, vers dix-sept heures trente. Deux individus à moto, le passager arrière a tiré. Une véritable exécution.

Séverine réussit à se composer un visage stupéfait.

– Mon Dieu... Ce n'est pas possible ! Mais pourquoi ?

– Si je vous désignais comme une des dernières personnes à l'avoir vu vivant, c'est parce que vous êtes passée au laboratoire en milieu d'après-midi.

Le docteur Dombre refréna le grand ouf de soulagement qu'elle mourait d'envie de pousser. Mais la remarque de la policière était tout sauf innocente. Elle devait redoubler de prudence.

– Vous m'avez fait peur, avoua-t-elle avec sincérité.

– Désolée. Puis-je vous demander quelle était la raison de votre visite au laboratoire ?

Séverine savait qu'elle devait révéler une partie de la vérité. Les techniciennes avaient déjà tout raconté.

– Eh bien, comme vous le savez sans doute, je suis responsable de l'organisation des greffes de rein dans le service. Récemment, j'ai eu à traiter la demande d'un patient étranger. Les inscriptions d'étrangers sur la liste d'attente de transplantation posent évidemment des problèmes de prise en charge financière. Beaucoup attendent d'obtenir l'Aide Médicale d'État, qui permet aussi de prendre en charge les frais élevés de la dialyse chronique. Dans le cas présent, ce patient semblait bénéficier de moyens financiers importants qui lui permettaient d'effectuer le bilan prégreffe.

– Je suppose que vous ne pouvez pas me donner son nom ?

– Je pense effectivement être tenue au secret médical.

Elle se demanda si elles ne connaissaient pas déjà la réponse. Les techniciennes avaient peut-être lâché le morceau.

– Oui, à moins que cette personne soit directement visée par l'enquête. Nous verrons…

– Donc, j'ai voulu vérifier, lors d'un passage à Saint-Louis, qu'il n'y avait pas eu de déterminations antérieures des groupes tissulaires pour ce patient. Il arrive parfois que ces malades tentent de s'inscrire successivement dans plusieurs centres.

– Vous étiez donc un peu méfiante ?

Séverine se sentit de nouveau au bord du gouffre.

– Pas plus qu'avec d'autres, je voulais juste m'assurer que tout était clair. Et dans le cas présent, la réponse a été négative.

– C'est Roger Marmont qui vous l'a donnée ?

– Oui, car c'est lui qui avait eu en charge les prélèvements. C'est la première fois que je le rencontrais, se crut-elle obligée de préciser.

– Bien...

Le commandant Chaudron se tut un instant. Le lieutenant Machaut, qui prenait des notes sur un petit carnet, regardait Séverine avec sympathie, mais celle-ci, les nerfs tendus, demeurait sur ses gardes. Si Blue Ice et Dark Ice apprenaient quoi que ce soit, ils s'en prendraient à Vincent. Elle avala sa salive avec difficulté, avec la crainte de devoir étouffer un sanglot.

– Et puis-je vous demander où vous vous trouviez entre dix-sept heures trente et dix-huit heures ? C'est une simple question de routine.

Encore un piège ?

– Pour une fois, je ne travaillais pas l'après-midi. Il faisait un temps splendide. Nous sommes comme vous, nous assurons beaucoup de permanences, ajouta Séverine, essayant de créer une certaine connivence. Je me suis promenée un peu dans Paris et je suis rentrée chez moi vers dix-neuf heures. J'habite rue La Fayette et je vis seule. Je n'ai donc aucun témoin pour confirmer mes dires.

– Entendu. Nous n'allons pas vous déranger plus longtemps, dit Claude Chaudron en se levant.

– Sait-on pourquoi ce pauvre homme a été assassiné ?

– Nous enquêtons, mais nous n'avons pas encore la réponse, c'est pourquoi nous exploitons toutes les pistes.

– Voulez-vous mon numéro de portable ? proposa Séverine.

– Bonne idée, merci. Ce sera plus discret qu'une descente de police dans votre service, sourit la policière.

Le docteur Dombre tendit une carte avec ses coordonnées, consciente que ce gage de bonne volonté ne la protégerait en rien d'investigations ultérieures. Elle s'apprêtait à ouvrir la porte de son bureau pour les raccompagner lorsque le lieutenant Machaut prit la parole pour la première fois.

– Docteur, vous nous avez parlé tout à l'heure d'un jeune patient en coma dépassé que vous aviez reçu, pourquoi pensiez-vous que notre enquête le concernait ?

– Ah, euh… parce qu'il s'agissait d'un jeune homme qui avait reçu une balle dans la tête.

– Mais oui, je crois que c'est le groupe de Fournier qui a pris cette affaire, dit Claude Chaudron. Affaire non résolue d'ailleurs. Il s'agissait d'un jeune Albanais, je crois ?

– Oui, concéda Séverine.

Lorsqu'elle croisa le regard du commandant Chaudron, elle eut l'impression désagréable que celle-ci avait deviné la nationalité du patient dont elle s'efforçait de cacher le nom.

*

Une fois seule, Séverine s'affala sur son fauteuil, épuisée. Elle espérait ne pas avoir fait de faux pas. Ces deux femmes policières paraissaient d'une perspicacité redoutable. Heureusement qu'Hubert Pélissié arrivait pour le week-end à Paris. Ça lui changerait les idées !

*

– Tu en penses quoi ? demanda le lieutenant Machaut.

– Je suis certaine qu'il y a un lien avec notre affaire, mais je ne vois pas encore lequel. Et cette femme cache quelque chose, je ne sais pas pourquoi. Cette histoire de vérification de groupe… Elle doit avoir des raisons sérieuses de se méfier de ce patient. Mais pourquoi ne veut-elle pas en parler ? Je vais mettre le docteur Dombre sous surveillance discrète. Mais nous risquons de nous heurter à des problèmes d'effectifs. Et je demanderai à Fournier quelques tuyaux sur cette affaire d'Albanais tué à la gare du Nord.

Chapitre 18

Hubert Pélissié proposa cette fois de dîner dehors. Séverine, épuisée par les événements de la semaine, accepta volontiers. Il avait réservé une table en terrasse au Restaurant du Palais Royal. Le cadre était agréable et luxueux, avec une jolie vue sur le jardin. Séverine se détendit dès la première coupe de champagne.

– Alors, tes ennuis s'arrangent un peu ? demanda son amant.

– Pour l'instant, oui. J'ai récupéré ma carte Visa, je n'ai pas eu d'appel bizarre sur mon portable… et j'ai passé un week-end de l'Ascension très sympa avec Vincent sur les plages du Débarquement.

– Eh bien, voilà une bonne idée. Ça n'avait pas dû t'arriver depuis longtemps !

Hubert connaissait l'existence de Vincent et savait que les rapports entre la mère et le fils étaient compliqués.

– Oui, ça s'est très bien passé. Mon fils est passionné d'histoire et il était ravi. En plus, on a poussé jusqu'au village natal de mon père, qui n'était pas loin. Je n'y avais jamais mis les pieds !

– Formidable ! Où est-ce ?

– Un petit village perdu et un peu déserté, à une vingtaine de kilomètres de la côte. Delaiseville. J'ai retrouvé la tombe de mes grands-parents ! C'était important aussi pour Vincent de découvrir ses racines du côté maternel.

– Bravo, je suis vraiment content pour vous deux. Voilà de quoi vous rapprocher.

– Oui, confirma Séverine avec un sourire épanoui. Et on a appris une histoire de famille étonnante.

– Ah ? Tu m'intrigues…

– Peu après le Débarquement, à la suite d'une attaque de la résistance locale, les Allemands en retraite ont fusillé une vingtaine d'otages dans le village. L'un d'entre eux a survécu. C'était mon grand-père ! Je n'avais jamais entendu parler de cette histoire. Mais évidemment, tous les anciens du village s'en souviennent.

– Incroyable.

– Tu sais, j'avais deux ans quand mon père est mort. À aucun moment, ma mère n'a évoqué ce drame devant moi. Je ne sais même pas si elle était au courant. Mon père a quitté la région très jeune et n'est pas revenu en Normandie.

Séverine n'osa pas s'étendre sur les circonstances de la fusillade et la vengeance sur le responsable du massacre. La suite était moins belle…

– Et à l'hôpital, ça va ? reprit Hubert.

– Oui, toujours pareil, la course, mais ça va.

Si elle devait parler de ses tourmenteurs à quelqu'un, ce serait sans doute à Hubert. Peut-être pourrait-il lui apporter son soutien et de précieux conseils ? Mais elle ne le fit pas. Les menaces sur Vincent la hantaient. Elle ne pouvait se permettre de prendre le moindre risque. Et elle se souvint que la date du nouveau rendez-vous avec Dibra et ses « baby-sitters » approchait, ce qui acheva de la retenir. Elle se demanda avec anxiété ce qu'ils lui réservaient encore.

Séverine prit la main d'Hubert avec une tendresse inhabituelle. Elle avait soudain envie de faire l'amour, de se pelotonner dans ses bras pour se sentir un peu en sécurité.

– On rentre ? lui dit-elle.

*

Lorsqu'il vit la Mercedes d'Hubert Pélissié se garer près du domicile de Séverine, le couple en sortir et l'homme enlacer sa compagne, le lieutenant Tran comprit qu'il pouvait interrompre la surveillance. Le docteur Dombre ne ressortirait pas cette nuit. Il nota le numéro du véhicule pour identifier le propriétaire.

Chapitre 19

Cette fois, ils étaient quatre. Dibra, Blue Ice et Dark Ice, toujours aussi impénétrables, et un homme assez jeune à la figure plutôt avenante.

– Docteur, je présente Monsieur Arslan Gera, un cousin de monsieur Dibra, annonça Dark Ice.

« Tiens, un cousin, qui apparaît comme par hasard », se dit Séverine, déjà remontée.

– Un cousin proche ? ne put-elle s'empêcher de demander d'un ton méfiant.

– Suffisamment pour vouloir donner rein, répondit sèchement Dark Ice. Maintenant, faire bilan pour organiser greffe vite. Avant que état de santé de monsieur Dibra s'aggrave.

Pas une allusion à l'assassinat du technicien de l'hôpital Saint-Louis, bien sûr. Mais le ton devenait menaçant. En plus, ils se savaient soutenus par Thervaux et Larozière, grâce à leur don généreux – leur pot-de-vin, avait-elle envie de dire. Ils prenaient de l'assurance. Un frisson parcourut à nouveau Séverine. Ces deux types avaient atteint leur objectif : elle était terrifiée.

Elle examina Dibra. C'est vrai qu'il ne respirait pas la santé. Il avait le teint bistre et une haleine ammoniacale, typique de l'insuffisance rénale avancée. Sa tension artérielle était heureusement correcte, le cœur battait régulièrement, mais un peu trop vite. Blue Ice lui tendit une enveloppe contenant les résultats de laboratoire. Elle en prit connaissance. Les reins fonctionnaient de moins en moins bien. À ce rythme, on pouvait prévoir que la dialyse serait nécessaire d'ici deux à trois mois maximum. Ce salopard de Dark Ice avait raison.

– Je suppose que Monsieur Gera ne parle pas français non plus ? demanda-t-elle.

– Non. Mais pas de problème. Nous l'accompagner dans toutes les démarches.

– Oui, enfin, pour le comité « donneur vivant », il faudra un interprète indépendant, dit-elle, agacée, en insistant sur l'adjectif indépendant.

– Pas de problème, répéta Dark Ice, imperturbable.

Son impassibilité la mettait hors d'elle et la glaçait en même temps.

– Bien, je vais préparer le dossier.

Séverine procéda à l'examen clinique du prétendu cousin, dont l'état de santé paraissait excellent. Aucun antécédent pathologique particulier, d'après l'interrogatoire traduit par Dark Ice. Elle était bien obligée de lui faire confiance. Tension artérielle normale. Auscultation parfaite. Pas d'albumine ni de sang dans les urines. Le jeune homme se laissait faire en souriant. Se rendait-il seulement compte de ce qui l'attendait ? Ou la promesse d'une importante somme d'argent suffisait-elle à tout lui faire accepter ? Elle ne savait pas comment trouver un moyen pour l'approcher seule à seul, et communiquer avec lui.

Puis elle commença à remplir les demandes d'examens et appela Chrystel pour prendre les rendez-vous en insistant sur leur caractère urgent. L'infirmière ne fit aucun commentaire. Leurs rapports restaient toujours aussi froids depuis la convocation de Séverine dans le bureau de Larozière.

Cette fois, c'est Blue Ice qui lui glissa un mot à l'oreille en partant.

– Surtout pas d'imprudence, Docteur… Vous vu ce qui peut arriver.

*

– La Mercedes appartient à Hubert Pélissié, dit Tran. Un homme d'affaires. Il est président d'un groupe qui développe des logiciels d'analyse et de simulation. Domicilié rue Jouffroy dans le XVIIe, mais il voyage beaucoup. Aucun casier ni antécédent judiciaire.

– Bon. Sans doute une relation occasionnelle, nota le commandant Chaudron. Et côté famille ?

– Le docteur Dombre n'a jamais été mariée, poursuivit le lieutenant. Elle a perdu ses parents très tôt, son père dans un accident de la circulation alors qu'elle n'avait que deux ans, sa mère d'un cancer, vingt ans plus tard. Elle a un fils de presque seize ans qui a apparemment toujours vécu avec son père et qu'elle voit rarement. Et elle est inconnue des services de police. Son appartement lui appartient, par héritage.

« Il n'y a pas que dans la police que les vies familiales sont perturbées », se dit Claude Chaudron.

– Elle semble appréciée dans son travail, mais reste très secrète sur sa vie privée. Caractère bien trempé aussi. C'est tout ce que j'ai pu apprendre. Je ne voulais pas éveiller sa méfiance. Déjà, j'espère que les quelques personnes que j'ai interrogées sauront tenir leur langue.

– Tu as bien fait, Tran. Il vaut mieux qu'elle ignore notre petite enquête. Maintenant, il faut aller plus loin. Le docteur Dombre m'a laissé son numéro de portable, au cas où j'ai besoin de lui poser d'autres questions, ce qui est tout à son honneur. Je veux que vous examiniez le relevé de ses communications. Ce n'est pas très correct vis-à-vis d'elle, mais j'en prends la responsabilité. C'est trop important. Je suis sûre qu'il y a une histoire louche là-dessous. On va aussi demander l'autorisation de la mettre sur écoute.

– Entendu, dit Tran.

– À ce propos, j'ai parlé avec Fournier, dont le groupe enquête sur l'assassinat de l'Albanais gare du Nord. Ils n'ont pas encore réussi à élucider l'affaire. Il s'agissait d'un certain Loran Baris, un petit délinquant plusieurs fois interpellé par la police, mais sans grande envergure. Pas de rapport avec le milieu de la drogue ni le grand banditisme. Abattu d'une façon très « professionnelle », ce qui paraît un peu disproportionné eu égard à ses activités. Mais un détail m'intrigue…

– Quoi donc ? demanda Nathalie Machaut, impatiente.

– Il a été tué d'une balle de 22 Long Rifle dans la tête, ce qui lui a valu ce séjour en réanimation dans le service du docteur Dombre et accessoirement d'être donneur d'organes, puisqu'il était en état de mort cérébrale. Vous savez que le 22 Long Rifle n'est pas le calibre des règlements de compte. Petit calibre, pas assez puissant. Je n'ai pas d'explication, mais ça fait beaucoup de détails étranges. Il faudrait découvrir la nationalité du patient étranger dont nous a parlé le docteur Dombre. Je me demande s'il n'y a pas un lien.

*

Réalisé avec promptitude, le bilan approfondi du donneur présumé ne révéla, comme Séverine le craignait, aucune contre-indication au prélèvement. Si seulement elle avait pu approcher le jeune homme… Mais Arslan Gera était en si bonne santé qu'aucune hospitalisation ne s'avéra nécessaire, et il était toujours accompagné d'un de ses anges gardiens lorsqu'il venait pour ses examens… Une histoire racontée par un de ses collègues pédiatres titillait Séverine. Une mère qui voulait donner un rein à son enfant. Une situation très fréquente et dans laquelle la sincérité du donneur ne fait aucun doute. Mais le bilan prégreffe de la donneuse présumée révéla un important déficit en potassium sanguin et la jeune femme dut être hospitalisée. Quelques jours plus tard, elle avoua qu'elle s'était rendue malade à dessein en absorbant des doses massives de diurétiques. Prise de panique, elle ne voulait plus donner son rein, mais elle était rongée par la culpabilité. Elle avait eu recours à ce stratagème pour pouvoir invoquer une excuse médicale[1].

---

1. Inspiré de faits réels.

Si elle pouvait approcher le jeune Albanais – et trouver un interprète –, pourrait-elle tenter avec son aide une mystification similaire ? Rien n'était moins sûr. Il faudrait déjà qu'elle réussisse à le faire parler. Et pourquoi ferait-elle mieux que le président du tribunal de grande instance et le comité donneur vivant qui comprenait trois médecins, un psychologue et un spécialiste en sciences humaines et sociales ? Elle ne pouvait même pas leur faire part de ses doutes, les deux gorilles l'apprendraient aussitôt. D'ailleurs, à la réflexion, ils interpréteraient le moindre obstacle à leur projet comme une manœuvre, avec les conséquences annoncées pour Vincent. Il n'y avait aucune solution. Séverine se trouvait prisonnière de cette situation sans issue.

Et Thervaux et Larozière venaient régulièrement s'enquérir d'un ton patelin de l'avancement du projet, ce qui l'exaspérait encore plus ! Dans ses moments de découragement, elle se prenait à espérer que cette greffe se fasse le plus vite possible et que les Albanais repartent dans leur pays.

*

Arslan Gera passa sans difficulté les étapes du comité donneur vivant et du tribunal de grande instance. Saisie par le doute, Séverine se demanda un moment si elle ne s'était pas fait des idées : le jeune homme était peut-être un vrai cousin et un donneur sincère. Son groupe sanguin était le même que celui de Dibra et la concordance de certains groupes tissulaires était suffisante pour envisager la greffe avec de bonnes chances de succès. « De quoi te mêles-tu, après tout ? », se disait-elle. Mais elle se rappelait bien vite les événements précédents, les deux meurtres sauvages et les menaces.

Les problèmes administratifs furent résolus en un temps record. Les gorilles de Dibra fournirent une attestation du ministre de la Santé d'Albanie, acceptèrent sans sourciller le lourd devis établi par les services financiers de l'hôpital pour le prélèvement et la greffe et réglèrent d'avance. L'administration, peu habituée à ce que les engagements de paiement soient si promptement honorés, se montra presque empressée. La surveillante du service fixa au plus vite une date pour l'intervention. Un mardi matin, le temps d'hospitaliser le couple donneur-receveur la veille et de procéder aux dernières vérifications.

Les mâchoires du piège s'étaient refermées.

Seul baume au cœur de Séverine dans cette ambiance déprimante, Vincent viendrait la voir le week-end. Leurs rapports s'étaient modifiés depuis leur escapade en Normandie. Le contact se rétablissait.

La veille de l'intervention, elle reçut sur la ligne directe de son bureau un appel dont le numéro était masqué. C'était Dark Ice.

– Grand merci pour votre aide, Docteur Dombre. Vous remerciée comme il se doit.

Une fois de plus, elle protesta avec véhémence, tout en se demandant s'il ne s'agissait pas d'une menace voilée.

Chapitre 20

Ce mardi, le docteur Dombre arriva dans le service à huit heures. Tout le monde était sur le pont. Un prélèvement de reins sur donneur vivant suivi de greffe demandait beaucoup de rigueur. Pas question d'avoir un accident de prélèvement. Le seul accident grave remontait à 1971 et avait laissé des traces indélébiles dans toutes les mémoires. D'ailleurs, c'était toujours le chirurgien le plus expérimenté qui procédait au prélèvement. Aujourd'hui, c'était le professeur Agnès Bourdin, chef du service de chirurgie viscérale, une femme que Séverine appréciait beaucoup. Et à qui elle n'avait bien entendu pas pu faire part de ses doutes. Le grand moment arrivait et elle commençait à se résigner à l'inéluctable.

À peine Séverine avait-elle enfilé sa blouse que son téléphone sonna. C'était Hassène Mechouk. Sa voix était tendue.

– Viens vite en réa, on a un problème.

– Que se passe… ?

Il avait déjà raccroché. Elle pressentit une catastrophe et se dépêcha de le rejoindre.

Elle trouva Hassène avec Serge Tabakovic, un anesthésiste replet d'une bonne cinquantaine d'années qui faisait des vacations dans plusieurs hôpitaux. Elle le connaissait peu, savait juste qu'il était d'origine bosniaque et avait fui son pays après les massacres de la guerre civile. Tous deux étaient à côté du lit où reposait Adrian Dibra, qui paraissait mal en point : traits tirés par la douleur, sonde d'oxygène dans le nez, électrodes sur la poitrine.

– Il vient de faire un pic fébrile à 39 degrés avec des difficultés respiratoires. On l'a pris en réa tout de suite. Il a un foyer de pneumonie avec un œdème pulmonaire. On est obligé de tout annuler. Serge n'était pas encore parti. Comme il parle l'albanais, je lui ai demandé de venir m'aider à interroger le patient et lui expliquer ce qui se passe.

Séverine eut l'impression que le sol s'ouvrait sous ses pieds et qu'elle tombait dans un gouffre sans fond.

– Ses gardes du corps, ses accompagnateurs je veux dire, sont au courant ?

– Pas encore, on n'a pas eu le temps de les prévenir. On l'a mis sous antibiotiques, on va programmer les examens. Après, ça dépendra de ce qu'on va trouver et comment ça va évoluer. J'espère qu'il ne faudra pas le dialyser si l'œdème du poumon ne régresse pas, il était déjà limite. La facture va grimper pour lui…

Tout le service savait que l'Albanais n'avait aucune prise en charge et payait intégralement les frais médicaux. Et voilà qu'Hassène le plaignait ! S'il savait…

Séverine réfléchissait à toute allure. Dark Ice et Blue Ice n'allaient pas tarder à arriver dans le service et, quelles que soient les explications médicales, ils y verraient une manœuvre de sa part et la rendraient responsable. Le désastre.

Néanmoins, l'occasion était trop belle. Pour un court moment, elle pouvait enfin approcher Arslan Gera directement.

– Vous avez prévenu son donneur ?

– On s'apprêtait à le faire.

– Je vous accompagne.

*

Pour la première fois, le masque souriant du jeune Albanais se fissura lorsque Serge Tabakovic lui annonça que l'opération devait être reportée en raison d'un problème de santé chez le receveur, sans qu'aucune date puisse être fixée. Plus que de la déception, Séverine crut identifier une expression de peur sur son visage. Elle en était désormais convaincue : lui aussi était menacé.

Elle retint l'anesthésiste qui s'apprêtait à partir.

– Attends, je voudrais lui poser encore quelques questions.

Tabakovic revint près du lit en grognant.

– Je voudrais bien rentrer chez moi, j'étais de garde toute la nuit.

– Ça ne prendra pas longtemps et c'est important.

Séverine savait qu'elle serait obligée de partager une partie de ses soupçons avec Tabakovic et Mechouk. Mais pas moyen de faire autrement. Elle devait compter sur leur discrétion…

– Monsieur Gera, vous êtes un cousin proche de monsieur Dibra, n'est-ce pas ?

– Oui, oui, dit le jeune homme en hochant la tête avec insistance.

– Vous saviez donc qu'il était très malade ?

Un temps d'hésitation.

– Oui, oui.

– Vous le rencontriez souvent dans votre pays ?

– Je travaillais dans son entreprise.

– Qui fait quoi ?

– Import-export.

Le terme qui pouvait cacher ce qu'on voulait, pensa Séverine.

– Et c'est vous qui vous êtes proposé comme donneur ?

Tabakovic protesta.

– Écoute, je ne comprends pas, il est déjà passé devant le comité donneur vivant et le tribunal…

– Demande-lui, c'est important, insista-t-elle.

– Oui, enfin quelqu'un de la famille est venu m'expliquer la situation et j'ai proposé de donner un rein.

Le jeune homme semblait déstabilisé cette fois, comme si la mécanique bien huilée qui avait fonctionné sans accroc jusque-là venait de se gripper. Séverine était persuadée qu'il répétait une leçon bien apprise. Mais comment le faire craquer ? Tabakovic se méfiait déjà. S'il se mettait à raconter dans le service qu'elle interrogeait le donneur potentiel sur ses motivations, ça lui retomberait dessus…

Un brouhaha provenant de l'entrée du service la fit sursauter, un regard inquiet de Gera l'alerta.

Elle se retourna pour se trouver face à face avec Dark Ice, l'œil plus sombre que jamais. Blue Ice se tenait un peu en retrait, l'air guère plus avenant.

– Il arrive quoi, Docteur Dombre ? dit-il d'un ton glacial.

– Nous étions en train d'expliquer à monsieur Gera que la greffe devait être reportée. Monsieur Dibra a de la fièvre et respire mal, il a une pneumonie. Il faut le soigner avant de pouvoir l'opérer, répondit-elle.

Elle se demanda depuis combien de temps le gorille était là et s'il avait entendu les questions qu'elle posait au donneur.

Chapitre 21

L'état d'Adrian Dibra semblait se stabiliser. Il répondait bien au traitement, n'avait plus de fièvre et respirait mieux. On pourrait peut-être éviter la dialyse et programmer la greffe à nouveau dans une quinzaine de jours. Larozière et Thervaux lui rendaient visite presque chaque jour avec une servilité qui exaspérait Séverine. Dark Ice et Blue Ice restaient près de leur maître à tour de rôle, silencieux et menaçants ; ils semblaient surveiller tout ce qui se passait. Ils n'avaient pratiquement pas adressé la parole à Séverine depuis ce mardi matin. Elle en était à la fois soulagée et inquiète.

Le vendredi soir, elle rentra assez tôt chez elle. Vincent devait la retrouver le lendemain matin. Prise de nostalgie, elle ouvrit le tiroir de la commode où se trouvaient des souvenirs de famille. C'était la première fois qu'elle y mettait le nez depuis la mort de sa mère, vingt-cinq ans auparavant. Elle pourrait dénicher des détails passionnants et en discuter avec son fils, qui s'intéressait à l'histoire familiale depuis leur visite à Delaiseville.

Séverine sortit la grosse chemise cartonnée qui contenait les documents de la succession, le livret de famille, les papiers d'identité de ses parents. En dessous, se trouvait un épais classeur fermé par des liens, rempli de photos et de lettres. Elle ne gardait aucun souvenir précis de son père, mais des larmes lui vinrent aux yeux lorsqu'elle revit le visage de sa mère, radieuse à côté de Philippe, puis seule, tenant sa fille encore adolescente par l'épaule et arborant une expression de tristesse infinie.

Séverine, qui avait préféré tirer un trait sur le passé, n'avait jamais examiné ces photos. Elle réalisait maintenant qu'elle s'était conduite comme une sorte d'infirme affective. Martine Dombre était une très belle femme, qui n'avait plus regardé un autre homme après le décès de son mari. Séverine se trouva plutôt des airs de ressemblance avec Philippe. Du côté paternel comme du côté maternel, aucune famille ne subsistait. Philippe et Martine étaient tous deux enfants uniques, situation assez rare à l'époque. Situation qu'elle avait reproduite, avec un fils élevé dans une autre famille. Une vague de remords la traversa. Elle avait soudain hâte que Vincent arrive.

Poursuivant son exploration, Séverine tomba sur un article de journal relatant l'accident mortel de son père. Un chauffard avait pris la fuite après avoir percuté Philippe sur une petite route de campagne. L'enquête n'aboutit jamais. La voiture était sûrement cabossée, mais les recherches dans les garages de la région demeurèrent vaines. Soit le chauffard était lui-même garagiste comme dans le célèbre film de Chabrol tiré du roman éponyme[1], soit il n'était pas de la région.

---

1. *Que la bête meure.*

Un autre article retint son attention. Un journal local normand daté de 1952 rapportait un incendie accidentel à Saint-Laurent-sur-mer. Une maison avait brûlé en moins d'une heure, le feu attisé par des munitions de la Deuxième Guerre mondiale entreposées dans la cave et qui avaient explosé. Une famille entière avait péri dans l'incendie : le père, la mère et un bébé d'un an. Elle tiqua sur le nom : Ernest Morin. Mais oui, bien sûr, le fils d'Albert, le responsable du massacre de Delaiseville. Elle se rappela le récit de Marie. Ernest s'était marié jeune mais lui et sa femme étaient décédés. Elle savait maintenant dans quelles circonstances, et aussi qu'ils avaient eu un enfant, qui a péri avec eux dans l'incendie. Le malheur s'acharnait sur la famille.

Elle trouva en outre un article encore plus ancien, de 1945, mentionnant le meurtre d'Albert Morin par un rôdeur.

Pourquoi son père avait-il gardé ces coupures de presse ? Mystère.

Son portable sonna. C'était Michel Chaumey, le père de Vincent. Sa voix était tendue.

– Bonsoir, je t'appelle pour savoir si par hasard Vincent n'est pas chez toi. Il n'est pas rentré du lycée ce soir.

Séverine regarda sa montre et s'aperçut qu'il était déjà vingt heures.

– Mais non, je l'attendais demain. Que se passe-t-il ?

– Je ne sais pas. Peut-être prend-il un pot avec des copains ? J'espère qu'il ne fait pas une fugue, il n'est pas toujours facile en ce moment. Mais toutes ses affaires sont là. Son portable ne répond pas. Je commence à m'inquiéter, et je me demandais s'il n'était pas venu te voir.

Séverine sentit un filet glacial de sueur descendre le long de son échine. Elle avait compris.

On avait enlevé son fils.

Chapitre 22

– Chef, on a du nouveau, annonça Tran.

– Ah enfin ! Raconte-moi ça, dit Claude Chaudron en se calant avec prudence dans son fauteuil un peu bancal.

Le mobilier n'était guère récent au 36 et le prochain déménagement aux Batignolles n'incitait pas l'administration à engager la moindre dépense dans ces vieux locaux, auxquels de nombreux policiers étaient pourtant très attachés.

– Deux informations intéressantes. Tout d'abord, l'examen du relevé des communications sur le portable du docteur Dombre n'a révélé que des appels avec l'hôpital, le père de son fils, son ami Hubert Pélissié, et quelques autres personnes dont, à plusieurs reprises, le numéro de portable d'un brigadier-chef du commissariat du IXe…

– Tiens, il faudrait interroger notre collègue. A-t-elle eu un problème qui a justifié ces contacts répétés avec la police ou s'agit-il d'une relation personnelle ? ou les deux ? sourit le commandant Chaudron.

– Oui, je l'appellerai. Mais j'ai surtout noté, une semaine environ avant le meurtre de Roger Marmont, un appel provenant d'un numéro « éphémère » avec carte prépayée, exactement comme ceux qu'avait reçus Marmont.

– Intéressant. Tu penses que ça pourrait être la même personne, Tran ?

– Pourquoi pas ?

– Pas bête ! Il est possible que cette femme soit en danger.

– Attends ! Il y a une deuxième information.

– Au fait, Tran, au fait ! s'impatienta Claude Chaudron qui sentait l'adrénaline monter.

– Les zonzons[1] ont recueilli une conversation intéressante. Vendredi soir vers vingt heures, le médecin a reçu un appel de Michel Chaumey, le père de son fils Vincent, qui s'inquiétait car le môme n'était pas rentré. Il se demandait s'il n'était pas venu chez elle. Et pendant le week-end, ils se sont téléphoné plusieurs fois. Le fiston n'a pas reparu.

– Quoi ? Tu me dis ça seulement maintenant ? Il habite où ce Chaumey ? Tu as pris contact avec nos collègues ?

– Dans le XVIe. Bien sûr, je les ai appelés ! Tran se raidit, un peu vexé. Le père est venu signaler la disparition de son fils samedi matin, mais nos collègues ne semblaient pas très motivés. Vu l'âge du gamin et son caractère paraît-il un peu capricieux, ils pensaient plutôt à une fugue.

– Bon Dieu, il faut tout de suite obtenir une commission rogatoire, les deux affaires sont sûrement liées. Le technicien est assassiné alors que le docteur Dombre passait dans le coin quelques heures auparavant, elle

1. Les écoutes, en jargon policier.

refuse de nous dire tout ce qu'elle sait, elle reçoit des appels qui proviennent de correspondants impossibles à identifier, comme ceux que recevait le technicien, son fils disparaît, sans compter cet Albanais descendu au 22 Long Rifle et qui arrive dans son service en coma dépassé... Il faut absolument retourner l'interroger et voir le père de l'enfant. J'appelle les collègues du XVIe pour les prévenir. Tran, demande à Maurice Pivert qu'il contacte le magistrat instructeur d'urgence. Réunion ici dans un quart d'heure pour répartition des tâches. Et surtout, pas un mot aux médias !

*

Séverine arriva le lundi matin à l'hôpital dans un état second. Comment pourrait-elle assurer son travail ? Bouleversée, elle avait eu plusieurs fois son ex-compagnon au téléphone pendant le week-end. Vincent restait introuvable. Il n'avait pas emporté d'affaires. Les policiers du commissariat du XVIe avaient conseillé à Michel d'attendre jusqu'à aujourd'hui, de ne pas trop s'inquiéter. Comme il avait eu le malheur d'évoquer le caractère un peu difficile de l'adolescent, ils pensaient plutôt à une escapade. Pas question de déclencher le plan alerte enlèvement en l'absence de faits tangibles. Séverine savait que c'était plus grave. Mais elle était impuissante : appeler le commandant Chaudron, ou même Quentin Bartoldi, c'était signer l'arrêt de mort de son fils. Et en parler à Hubert ne l'avancerait à rien. Que pourrait-il lui conseiller ?

Le téléphone sonnait lorsqu'elle ouvrit la porte de son bureau. Numéro masqué. Elle décrocha et reconnut la voix avec un frisson.

– Docteur Dombre, pardonnez retard à vous appeler, mais votre portable peut-être sur écoute. J'ai préféré appeler hôpital, et comme vous n'étiez pas au travail ce week-end…

– Où est mon fils ? aboya-t-elle.

– Vincent en sécurité, Docteur. Pas de danger pour lui sauf si vous manquez de discrétion.

– Mais vous vous rendez compte ? La police va enquêter sur sa disparition !

– Police ne trouvera rien, sauf si vous donnez informations. Et alors… couic !

– Qu'est-ce que vous voulez à la fin ? Cette fois, les larmes jaillissaient sans qu'elle puisse les retenir.

– Vincent rendu en bonne santé dès que greffe faite. Plus vite sera faite, plus vite vous aurez votre fils. Nous ne sommes pas monstres. Et surtout, pas un mot à personne. Pas approcher non plus cousin monsieur Dibra.

Ainsi, ils avaient compris. Peut-être même Gera leur avait-il raconté son interrogatoire.

– Pas essayer de nous joindre. Nous ici très souvent. Nous saurons tout ce qui arrive. La vie de votre fils est entre vos mains, Docteur.

Dark Ice raccrocha. Séverine se laissa tomber sur son fauteuil et s'efforça de recouvrer ses esprits. Comment pourrait-elle tenir ? Comment donner le change au père de Vincent, à ses collègues, et à la police qui ne tarderait pas à revenir la voir ?

Le téléphone sonna à nouveau. Cette fois, c'était Larozière qui venait aux nouvelles.

– Bonjour Séverine. Comment ça évolue pour Dibra ?

– Il va mieux. Plus de fièvre, il respire bien.

– Parfait. Et toujours pas de dialyse ?

– Non, on a réussi à l'éviter jusqu'à présent.

– Donc, on va pouvoir reprogrammer la greffe assez vite ?

– J'espère bien. Peut-être dès la semaine prochaine.

S'il savait à quel point elle était impatiente… bien plus que lui…

Tout à coup, une phrase de Dark Ice lui revint en mémoire. Il avait dit qu'il avait préféré l'appeler à l'hôpital. Il craignait que la police ait mis son portable sur écoute. Elle devait faire très attention.

Chapitre 23

Tandis qu'Ange Robin et Sami Helal se rendaient au lycée Janson de Sailly pour tenter d'obtenir des témoignages sur la disparition de Vincent, Claude Chaudron et son adjoint le capitaine Pivert rejoignaient la rue de la Tour où habitait l'adolescent. Ils avaient prévenu le père de leur visite. De son côté, Alain Versoni devait contacter Quentin Bartoldi, le brigadier-chef auquel Séverine Dombre avait téléphoné plusieurs fois. Nathalie Machaut attendait le retour de sa chef de groupe pour aller rendre à nouveau visite au docteur Dombre à Tenon et continuait à éplucher les relevés d'écoutes, tandis que Tran mettait à jour le dossier administratif, tâche ingrate mais dans laquelle il excellait. On gardait pour l'instant Hubert Pélissié de côté, mais on prévoyait de l'interroger aussi plus tard.

Les jours allongeaient, le soleil s'installait et la température devenait enfin plus conforme à la saison. Mais Claude Chaudron et Maurice Pivert ne pouvaient profiter de la météo. Ils s'apprêtaient à franchir la porte du 24 rue de la Tour.

– Cossu, l'immeuble. Il doit ruisseler de pognon, le paternel, marmonna Pivert.

– Chut, Maurice, dit Claude qui avait l'oreille fine. Ça ne le met pas à l'abri des malheurs de la vie.

– Exact, reconnut son adjoint.

Le capitaine Pivert était un excellent policier, d'un flair redoutable et d'un dévouement sans limites, mais un peu brut de décoffrage. Claude veillait à contrôler les réflexions de son adjoint ou parfois à s'en servir pour déstabiliser un suspect.

Ils traversèrent une cour, puis montèrent au deuxième étage. L'immeuble était ancien mais bien entretenu et fleurait un luxe discret et confortable.

Michel Chaumey les attendait sur le pas de la porte, les traits tirés. Le père de Vincent était un homme grand et mince. Yeux bruns, cheveux poivre et sel et front dégarni. Sa femme Stéphanie, une petite blonde aux faux airs de France Gall, se tenait derrière lui.

– Merci d'être venus si vite. Je dois vous avouer que l'intervention de la Brigade Criminelle m'inquiète.

– Eh bien, à vrai dire, répondit le commandant Chaudron, histoire de montrer qu'elle dirigeait les opérations, nous avons demandé à être chargés de cette affaire bien qu'il n'y ait toujours aucun signe d'enlèvement. Il est possible qu'elle soit liée à une autre enquête qui concerne le milieu hospitalier.

Michel Chaumey se cabra.

– Au commissariat, on ne me prend pas au sérieux, on me parle de fugue, et soudain la Criminelle débarque en évoquant une affaire en milieu hospitalier ! Je rêve… Ça veut dire que Séverine est impliquée ?

– Concernée plus qu'impliquée, voire victime, Monsieur Chaumey, l'interrompit Claude d'un ton calme mais sans réplique. Nous ne pouvons pas vous donner de détails, mais pour l'instant nous enquêtons, et croyez-moi, nous irons le plus vite possible, avec tous les moyens de la Crim' à notre disposition, ce qui n'est pas rien.

– J'ose espérer, car il me semble bien avoir lu quelque part que les premières heures sont cruciales après un enlèvement !

– L'enlèvement n'est pas avéré, Monsieur Chaumey. Pouvez-vous maintenant répondre à quelques questions ? Cela nous ferait gagner un temps précieux, justement.

Vaincu, le père de Vincent poussa un soupir et les conduisit dans le salon. Sa femme les accompagna en silence.

– Parlez-nous un peu de Vincent. Comment était-il ces derniers temps ? Avez-vous remarqué quoi que ce soit d'anormal ?

L'assureur faisait preuve d'une grande nervosité. Il ne tenait pas en place et sa voix tremblait.

– Je suppose que vous connaissez son histoire. Il y a une quinzaine d'années, j'ai eu une liaison assez brève avec Séverine. C'est une femme qui a eu une enfance difficile et qui n'arrive pas à nouer une relation durable. Elle s'est retrouvée enceinte et ne s'en est pas aperçue. Elle est pourtant médecin. Passons. Ce sont les cordonniers les plus mal chaussés, dit-on. Bref, en ce qui me concerne, j'étais plutôt heureux d'être père, j'ai donc reconnu Vincent. Séverine, avec son métier, il est vrai, fort prenant, ne pouvait tout simplement pas s'en occuper ! C'est donc moi qui ai eu la garde du bébé. J'ai dû engager une fille au pair à plein-temps pour m'aider, et peu après j'ai rencontré Stéphanie…

– Qui était la secrétaire de votre cabinet d'assurance, n'est-ce pas ? intervint Pivert en décochant son sourire le plus aimable à l'intéressée, qui rougit.

– C'est exact, admit Chaumey d'un ton pincé. Vous êtes déjà bien renseignés… Nous nous sommes mariés et avons eu une petite fille, Léa. Vincent a donc vécu ici toute sa jeunesse. Stéphanie s'est comportée avec lui comme une vraie mère, et Léa l'adore. D'ailleurs, elle doit être encore en train de pleurer dans sa chambre. Séverine voyait son fils quand elle le voulait, c'est-à-dire rarement, une fois par mois tout au plus. C'est peu dire que Vincent n'avait pas beaucoup de contacts avec elle. Il lui en voulait de l'avoir abandonné et la situation n'a fait qu'empirer à l'adolescence.

– Comment ça se passe au collège ? demanda Claude.

– Plutôt bien. Il n'a jamais redoublé, et n'a pas de problèmes de comportement. Et puis Janson est un très bon lycée. Il s'y plaît et il termine sa troisième à quinze ans et demi, il n'est donc pas en retard.

– Quoi d'autre ?

– Les rapports avec sa mère se sont modifiés il y a un mois environ, notamment depuis qu'ils sont partis ensemble en Normandie le week-end de l'Ascension.

– Ah oui ?

– Oui, Vincent est rentré surexcité en disant qu'ils avaient retrouvé la trace de sa famille maternelle et découvert un secret de famille qui datait de la Deuxième Guerre mondiale.

– Tiens, tiens… Claude Chaudron, très intéressée, notait tout sur son carnet en moleskine.

– Il n'a pas voulu nous en dire plus. L'adolescence est une drôle de période. Depuis cette date, il se livre beaucoup moins à nous, ce qui est assez injuste du reste. Mais c'est la vie…

– A-t-il déjà fugué ?

– Jamais.

– Madame Chaumey, avez-vous quelque chose à ajouter qui pourrait nous aider ?

– Non, je ne vois rien d'autre. Mon mari vous a tout dit, répondit Stéphanie. Elle affichait un calme qui contrastait avec la tension de son époux.

– Pouvons-nous voir sa chambre ? J'aimerais aussi que vous nous confiiez une photo récente.

– Bien sûr. Suivez-moi. Stéphanie, peux-tu nous chercher une photo ? Il y en a plusieurs de Noël dernier.

Ils s'apprêtaient à entrer dans une chambre qui devait être celle de Vincent, mais la porte voisine s'ouvrit et une jeune fille blonde se jeta dans les bras de Michel Chaumey. Elle sanglotait.

– Léa, ce sont des policiers qui vont nous aider à retrouver Vincent, dit son père.

Léa, qui n'avait que quatorze ans d'après leurs informations mais en paraissait deux de plus (génération grande taille !) inclina la tête vers eux en guise de salut.

– Ne t'inquiète pas, Léa, lui dit le commandant Chaudron avec assurance, nous allons retrouver ton frère.

La jeune fille s'éclipsa à nouveau dans son antre.

– Pourrons-nous lui dire quelques mots tout à l'heure en particulier ? demanda Claude. Il est possible qu'ils aient partagé de petits secrets.

– Bien sûr, répondit le père d'un air peu convaincu.

*

La chambre de Vincent ressemblait à toutes les chambres d'ado : aimable foutoir, sans doute un peu limité par l'intervention de la belle-mère ou de la femme de ménage, posters sur les murs, mais dont les thèmes n'étaient pas uniquement des stars de la chanson… Il y avait aussi un plan des plages du Débarquement juste en face de la table de travail.

– Il a rapporté ce poster de son week-end en Normandie, précisa Michel Chaumey qui avait surpris le regard des policiers.

Claude Chaudron et Maurice Pivert ouvraient les placards, les tiroirs, fouillaient pour trouver un indice.

– Toutes ses affaires sont là, rappela le père. Il n'a rien emporté, sauf son cartable bien sûr.

Pivert sortit du tiroir du bureau de Vincent un cahier à spirales et commença à le feuilleter.

– Regarde ça. On dirait un carnet de notes sur la visite des plages du Débarquement.

Claude prit le cahier des mains de son adjoint et tourna les pages avec fébrilité.

– C'est le journal de leur week-end en Normandie. Il faut qu'on l'épluche. Pouvons-nous l'emporter ? demanda-t-elle.

– Bien sûr, bougonna Chaumey avec un brin de réticence. Je sais qu'il avait pris des notes pour faire un exposé à sa classe. Le brouillon doit être à la fin du cahier.

Il semblait leur recommander à mots couverts de ne pas perdre cet objet précieux, comme si son fils devait revenir d'un moment à l'autre !

En sortant de la pièce, ils s'arrêtèrent devant la chambre de Léa.

– Pouvez-vous nous laisser un moment seuls avec elle ? dit le commandant Chaudron.

– Je te laisse lui parler en tête à tête, ajouta Pivert qui savait parfois faire preuve de finesse. En même temps, il poussa discrètement l'assureur vers le salon.

– Un dernier point, Monsieur Chaumey, ajouta Claude avant d'entrer dans la chambre de la jeune fille. Pour la sécurité de Vincent, ne parlez pas aux médias. Nous n'avons à dessein fait aucune déclaration jusqu'à présent.

*

Les deux policiers rejoignirent leur véhicule, garé sur une aire de livraison ; le stationnement était très difficile dans la rue de la Tour.

– Tu as appris quelque chose ? questionna Pivert.

– Non, rien de plus. Vincent est resté assez secret sur le détail de ses découvertes, même avec sa demi-sœur. Il se gardait un espace de confidentialité avec sa mère. Curieux comme les relations peuvent évoluer. Elle ne s'était jamais occupée de lui et soudain ils se rapprochent.

– Ça te surprend ?

– Sur le principe, je m'en réjouis, sourit la chef de groupe. Mais je me demande s'il n'y a pas d'autres raisons que cette escapade en Normandie.

– Tu as glissé tout à l'heure dans la conversation que le docteur Dombre pourrait être une victime, continua le capitaine. Tu avais une idée derrière la tête ?

– Tu me connais bien, Maurice. Oui, c'est une hypothèse qui me taraude depuis un moment, et le comportement de cette femme ne fait que renforcer cette impression. Mais il nous faudrait des éléments plus tangibles. Si on pouvait trouver un informateur à l'hôpital, au prix d'une petite entorse au secret professionnel…

– Pour moi, il ne fait pas de doute que le garçon a été enlevé.

– Certainement, mais il n'y a eu aucune demande de rançon ou quoi que ce soit. Vincent est un peu âgé pour servir de cible à un pédophile pervers. Reste…

– Un chantage ? Une prise en otage ?

– Pourquoi pas ? Commençons par rentrer au bureau et examiner ce cahier. On verra aussi ce que nos collègues nous rapportent.

Chapitre 24

Vincent essayait de ne pas se laisser submerger par la panique. Depuis plusieurs jours, il était plongé dans le noir, les yeux bandés. Le cauchemar avait commencé peu après la sortie du lycée vendredi soir. Après un au revoir aux copains qui prenaient le métro rue de la Pompe, il traversait l'avenue Georges Mandel. De l'autre côté, une grosse BMW noire aux vitres fumées stationnait au coin, le moteur allumé. La portière arrière s'ouvrit.

– Jeune homme, un renseignement, s'il vous plaît ?

Il s'était approché sans méfiance. Un homme surgit derrière lui et le poussa violemment à l'intérieur de la voiture. Un mouchoir imbibé appliqué sur la figure, perte de conscience immédiate. Une manœuvre si rapide qu'aucun passant n'avait rien remarqué.

Depuis, Vincent vivait dans le noir.

L'adolescent avait vite compris qu'on ne voulait pas le tuer, et c'était sans doute la raison pour laquelle on lui bandait les yeux. Il ne devait apercevoir personne. On lui administrait sûrement des calmants : il dormait les trois quarts du temps. Ses geôliers lui parlaient peu. Ils lui avaient juste dit de ne pas s'inquiéter, qu'ils ne lui voulaient pas de mal, qu'il resterait là une semaine ou deux. Quand il avait exigé des explications, personne n'avait répondu. Lorsqu'il menaça d'appeler au secours et d'ameuter le voisinage, on lui fit comprendre que ça ne servirait à rien, on le droguerait un peu plus pour le faire taire. Il était préférable qu'il prenne son mal en patience et tout se passerait bien.

Il passait ses journées enfermé dans une pièce. On venait le chercher pour lui donner à manger, on l'emmenait aux toilettes lorsqu'il le réclamait, on lui donnait sa douche, les yeux toujours bandés. On lui apporta même des vêtements propres.

Le prisonnier savait que deux personnes assuraient sa surveillance. Un autre homme venait une fois par jour et discutait avec ses gardes. Il entendait des bribes de conversation. Il lui sembla que l'homme avait un accent étranger.

Vincent n'avait aucune idée de l'endroit où il se trouvait, ni pourquoi on l'avait enlevé.

Chapitre 25

– C'est extraordinaire, cette histoire, commenta Claude Chaudron en terminant la lecture des notes rédigées par Vincent.

– Il s'en est passé des drames à cette époque, et encore on ne sait pas tout, ajouta le capitaine Pivert d'un ton sentencieux.

Assis à côté de sa chef, il lisait à son tour le récit de l'adolescent.

– Je ne vois pas de rapport avec notre affaire, mais le fils a disparu peu de temps après et…

– J'ai compris, Chef. Je vais faire un tour en Normandie ! Ça me promènera.

Ce que le commandant Chaudron appréciait chez Pivert, en dépit de son caractère parfois rugueux, c'est qu'il comprenait très vite là où Claude voulait en venir. Et aussi qu'il ne rechignait jamais aux tâches les plus chronophages. Un vrai chien de chasse ! De plus, pour établir le contact et tirer les vers du nez des habitants dans un village perdu, il serait sans discussion le meilleur du groupe.

– Merci Maurice. Peut-être que ça ne nous mènera à rien, mais on ne peut négliger aucune piste.

– Bon, faut pas perdre de temps. Il est seize heures. Je pars maintenant, je trouverai bien un hôtel sur le chemin et comme ça je leur tombe dessus à la première heure demain.

– Parfait. Avec douceur quand même, sourit Claude.

– Pas de souci, Patron !

– Sois prudent. Tu vas te retrouver dans les embouteillages.

L'entente de plus en plus affirmée entre la Chef de groupe et son adjoint contrastait avec leurs premiers contacts un peu difficiles.[1]

Le commandant Chaudron décrocha son téléphone pour appeler Nathalie Machaut. Il était temps de rejoindre l'hôpital Tenon pour interroger le docteur Dombre.

*

Alain Versoni et Quentin Bartoldi prenaient un café au soleil sur la terrasse des Volcans, à l'angle de la rue de Bellefond et de la rue du Faubourg Poissonnière. L'endroit se prêtait davantage que le commissariat à une conversation discrète. C'est ce que Bartoldi avait suggéré en recevant l'appel de son collègue de la Crim' et en apprenant son motif.

Le courant était tout de suite passé entre les deux hommes. Quentin instaura un climat de franchise en

1. Voir *Dernier homicide connu*, Éditions Glyphe, 2012.

expliquant les circonstances dans lesquelles il était entré en contact avec la doctoresse, sans cacher l'attirance qu'elle lui inspirait. Après tout, on était entre hommes.

– C'est insensé, cette affaire. Mais je ne suis pas vraiment surpris. J'étais persuadé qu'elle avait des soucis dont elle ne voulait pas me parler. Elle me l'a d'ailleurs avoué à demi-mot récemment.

– Ah ? Tu as pu en savoir un peu plus ?

– Non. Pas moyen. Mais il y a des événements curieux dans son histoire...

– Pourquoi ?

Versoni frémissait d'impatience.

– Quelques jours après le vol de sa carte Visa, elle m'a appelé car elle avait retrouvé son voleur. Tiens-toi bien, il s'agissait d'un Albanais arrivé dans son service de réanimation en état de mort cérébrale. Il avait reçu une balle de 22 Long Rifle en pleine tête, près de la gare du Nord. Au début, j'ai cru à une coïncidence. J'ai même tenté de la rassurer. Plus tard, j'ai eu des doutes.

– Mais oui, on est au courant de ça ! Mais je ne savais pas que c'était son voleur. Ça peut changer la donne.

– Je n'ai eu que des renseignements indirects par les collègues, mais deux détails m'ont intrigué.

– Ah ?

– Le calibre utilisé et le fait qu'un témoin anonyme ait appelé la police immédiatement après le meurtre. Il est vrai que dans ce quartier, les gens préfèrent ne pas avoir affaire à nous...

Alain Versoni acquiesça. Ce Bartoldi était fort perspicace et ferait un bon enquêteur. Quelle était la nationalité du patient en attente de greffe ? Le commandant Chaudron s'était déjà posé la question. Il devenait de plus en plus urgent de le savoir. Si c'était aussi un Albanais, ça faisait beaucoup de coïncidences.

– On a dîné avec Séverine récemment, poursuivit Quentin. C'était peu de temps après l'assassinat du technicien de l'hôpital Saint-Louis. Je sentais bien qu'elle était préoccupée. Lorsque je lui ai dit que j'étais là si elle avait besoin d'aide, elle m'a répondu qu'elle se souviendrait de ma proposition, mais qu'elle ne pouvait y donner suite maintenant. Pour moi, c'était un aveu indirect.

– C'est clair.

– De plus, dans la conversation, elle a voulu savoir où en était l'enquête sur le meurtre commis à côté de l'hôpital Saint-Louis. Sur le moment, je n'y ai pas prêté attention. C'est moi qui lui en avais parlé. On devait se voir ce soir-là, mais j'étais de permanence et ça venait de se produire. Je n'ai pas été étonné qu'elle me demande des nouvelles.

– Mais ça t'a intrigué ?

– Oui, après coup, je me suis posé des questions en découvrant que la victime était un technicien du laboratoire d'histocompatibilité de Saint-Louis, qui centralise les groupes des malades parisiens en attente de greffe. Et le docteur Dombre est responsable d'une unité de greffe rénale.

– Bien vu, acquiesça Versoni. À titre confidentiel, je peux te dire qu'elle se trouvait dans ce laboratoire quelques heures avant l'assassinat de Marmont.

– Quoi ?

– Elle s'y trouvait par hasard, pour une vérification de certains examens effectués justement par Marmont.

– Ça fait beaucoup de hasards…

– Tu l'as dit !

– À quelques heures près, elle aurait pu être témoin du meurtre.

– Qui sait ? D'autant qu'elle dit qu'elle s'est promenée à pied dans Paris ce jour-là avant de rentrer chez elle, mais personne évidemment ne peut le confirmer.

*

Claude Chaudron reçut l'appel d'Alain Versoni juste à temps. Elle venait de laisser leur véhicule banalisé dans la cour d'entrée de l'hôpital Tenon et se dirigeait avec Nathalie Machaut vers le service de néphrologie.

Elle écouta avec attention le compte rendu de son collaborateur.

– Super ! Ça confirme mon impression. Merci de m'avoir informée. On va la voir dans deux minutes.

*

Séverine s'attendait à une nouvelle visite de la police et elle était décidée à ne rien lâcher. Il en allait de la vie de Vincent. Elle fit entrer les deux policières dans son bureau sans pouvoir masquer sa méfiance.

– Docteur Dombre, pardonnez-nous de vous déranger à nouveau. Le père de Vincent a dû vous dire que nous enquêtions sur sa disparition…

– Oui, il m'a prévenue.

– Vous n'avez eu aucune nouvelle ? Personne ne vous a appelée pour demander une rançon ?

– Non, mentit Séverine. Je suis terriblement inquiète. Je ne sais pas s'il a eu un accident…

– On le saurait déjà, coupa le commandant Chaudron. Pensez-vous qu'il ait pu faire une fugue ?

– C'est un adolescent un peu difficile, comme beaucoup de jeunes de son âge, mais fugueur je ne crois pas.

– Vous aviez de meilleurs rapports avec lui ces derniers temps, m'a dit son père.

– C'est exact. J'avoue que j'ai été une mauvaise mère, je m'en suis très peu occupée quand il était petit, mais nous nous sommes rapprochés récemment.

– Vous avez même passé un long week-end ensemble en Normandie…

Séverine ne put réprimer une petite grimace qui rappela à Nathalie Machaut le tic de Marcello Mastroianni dans *Divorce à l'italienne*. Elles étaient déjà bien renseignées.

– Oui, Vincent est un passionné de la Seconde Guerre mondiale, je lui ai fait visiter les plages du Débarquement.

– Et vous avez aussi fait un pèlerinage dans le village où habitait votre famille maternelle ?

– Oui, et alors ?

– Nous avons eu accès au cahier de notes appartenant à Vincent et qui relate cette visite. Elle semble l'avoir beaucoup marqué.

– Bien sûr, c'était très émouvant pour moi aussi de retrouver mes racines. Et puisque vous avez lu le cahier de Vincent, vous connaissez aussi l'aventure de mon grand-père en 1944.

– Vous ne voyez aucun lien possible entre cette visite et sa disparition ? insista Claude Chaudron.

– Absolument pas, pourquoi donc ? répondit Séverine avec la plus grande sincérité.

– Docteur Dombre, je ne veux pas être brutale ni maladroite, mais pour une mère dont l'enfant a disparu depuis plusieurs jours, vous ne semblez pas très inquiète. Comme si vous saviez où il est...

– Comment pouvez-vous dire ça ? s'insurgea le médecin. Je ne le montre peut-être pas, mais je suis morte d'inquiétude !

Nouveau tic. Claude Chaudron comprit qu'elle avait tapé juste.

– Docteur Dombre, si vous avez des informations, vous devez nous les communiquer. Si quelqu'un vous menace, confiez-vous à nous, c'est votre seule chance. Vous savez que si vous êtes mêlée d'une façon ou d'une autre à cette disparition, vous risquez d'être placée en garde à vue.

– Ah non ! Cette fois, Séverine avait crié, faisant sursauter les deux policières. Il n'en est pas question ! Je ne peux pas abandonner le service, je dois organiser une intervention très urgente (elle se rendait compte que l'excuse était pitoyable). Pourquoi vous acharnez-vous sur moi ? Ça ne vous suffit pas de m'avoir placée sur écoute ?

Claude Chaudron et Nathalie Machaut échangèrent un regard surpris. Comment était-elle au courant ?

– Qu'est-ce qui vous fait penser ça ? avança prudemment la chef de groupe.

– Je... j'ai eu l'impression d'entendre un clic lors de mes appels, balbutia Séverine qui réalisait qu'elle avait fait une gaffe.

– Vous voyez trop de séries policières, sourit Nathalie.

Un silence pesant s'installa. Claude Chaudron reprit la parole.

– Écoutez, Docteur. Je suis persuadée que vous ne nous dites pas tout. Je ne sais pas pourquoi, peut-être êtes-vous menacée. Mais n'oubliez pas que nous sommes là pour vous aider. Vous pouvez nous appeler à tout moment. Vous avez nos coordonnées. Pensez à votre fils.

– Je ne fais que ça, répondit Séverine entre ses dents.

*

– Elle est menacée, j'en suis certaine maintenant, lâcha Claude en sortant du pavillon qui abritait le service de néphrologie. On la sent terrorisée. Son fils est détenu quelque part et on la fait chanter. Mais pourquoi ?

– On ne peut pas la garder quelques heures au 36 pour la cuisiner ? Elle craquerait.

– Pas sûr, et on ferait peut-être courir un risque au gamin. Il faudrait qu'on ait une piste sérieuse. En attendant, on la maintient sous surveillance. Bonjour, les heures sup'... Mais je pense que ça ne durera pas.

– D'accord, je m'y colle ce soir.

– Alors, garde la voiture. Je prends un taxi.

*

– Encore des problèmes ? demanda Chrystel à Séverine lorsqu'elle la vit sortir de son bureau. On voit les flics tout le temps en ce moment.

Vu le regard hostile et le visage fermé du docteur Dombre, elle comprit tout de suite qu'elle aurait mieux fait de se taire.

– Excuse-moi, Chrystel, mais ça ne te regarde pas. Et je dois dire que tu es la dernière personne à qui j'aurais envie de raconter mes ennuis.

– Ah bon, charmant ! Et pourquoi donc ?

– Tu le sais bien. Tu n'es pas un modèle de discrétion ni de franchise. Je n'ai pas vraiment apprécié ma convocation chez Larozière quand tu es allée cafeter.

Chrystel devint écarlate. Elle répondit, les lèvres pincées :

– Tu crois que c'était sympa, tes questions ? Et je sais que je n'étais pas la seule auprès de qui tu as enquêté. C'était mon devoir d'en avertir le chef de service.

Elle insista sur les derniers mots afin d'être aussi blessante que possible, histoire de rappeler au médecin qu'elle avait un supérieur hiérarchique. Séverine ne répondit pas et tourna les talons.

Chrystel partit s'isoler dans le poste infirmier. Elle ne reconnaissait plus Séverine depuis quelque temps. Elles avaient toujours eu de bons rapports. Que se passait-il ? Elle avait beau être en rage contre le médecin, elle se posait des questions. Le docteur Dombre avait peut-être de sacrés problèmes. Cet appel curieux pour « une affaire la concernant », sa réaction lorsque le jeune homme qui avait reçu une balle dans la tête était arrivé en réa, les questions discrètes d'un policier asiatique sur elle, les visites des deux femmes policières… Avait-elle quelque chose à se reprocher ? Ou au contraire avait-elle besoin d'aide ? Chrystel connaissait mal la vie privée de la néphrologue, qui se montrait très réservée là-dessus. Mais il y avait eu le meurtre d'un technicien du laboratoire d'histocompatibilité. Et puis ces deux gaillards qui accompagnaient toujours cet Albanais… Le Patron les avait reçus en grande pompe, ils devaient être bourrés de pognon pour payer tous les frais sans sourciller. Et ils ne lui inspiraient guère confiance. Elle se rappelait avoir dit en rigolant à Séverine que ça sentait la mafia d'Europe de l'Est. Et si c'était vrai ?

Le policier asiatique, assez mignon du reste, lui avait laissé sa carte en lui disant qu'elle pouvait l'appeler si elle apprenait quelque chose. Elle ne savait pas très bien si elle avait le droit de communiquer le nom d'un patient hospitalisé, mais, après tout, elle allait « cafeter » pour de bon cette fois. Ça pouvait être plus important que le secret professionnel si une grosse affaire criminelle se cachait derrière tout ça.

Chapitre 26

Le capitaine Pivert s'était arrêté pour dormir dans un Ibis Budget près de Bayeux, de façon à arriver tôt dans la matinée à Delaiseville. Il poussa la porte du Café des voyageurs à neuf heures, sous un ciel gris et pluvieux.

Il y avait trois personnes au comptoir, devant un café agrémenté d'un petit verre de calva.

– Bonjour tout le monde, claironna Pivert.

Les trois clients répondirent par un vague grognement.

Un homme bedonnant sortit d'une pièce qui devait être la cuisine pour reprendre sa place derrière le bar.

– Bonjour Monsieur, qu'est-ce que je vous sers ?

– Eh bien… la même chose ! répondit le policier en désignant le zinc.

Un sourire approbateur et entendu s'élargit sur le visage du patron, et les consommateurs se détendirent de façon imperceptible. Quelqu'un qui prenait un café-calva le matin à neuf heures ne pouvait être fondamentalement mauvais.

– De passage dans le coin ? interrogea le barman avec amabilité.

– Oui. En fait, c'est vous que je viens voir.

– Moi ?

– Vous êtes bien Hervé Delaunay ?

Vincent avait pris des notes précises dans son cahier, ce qui facilitait la tâche de Pivert.

– Oui, c'est bien moi, mais…

– J'aimerais m'entretenir avec vous en privé. Je viens de la part de Séverine Dombre.

– Séverine ? Mais bien sûr. Tout de suite. Mon Dieu, il lui est arrivé quelque chose ?

– Non non, elle n'a rien, éluda le capitaine.

– Ouf. Catherine ! Peux-tu assurer le service un moment ? Je dois discuter avec Monsieur. Venez, on, va s'installer au fond, on sera tranquilles. Je vous sers une autre consommation ?

– Non merci, je n'ai pas encore terminé mon café, dit Pivert en emportant sa tasse et son godet de calva.

*

Attablés à bonne distance du bar, les deux hommes baissèrent le ton. Les trois types les regardaient d'un air intrigué mais ne cherchaient pas à écouter. Ils interrogeraient le patron ensuite…

– Alors, que se passe-t-il ? demanda Delaunay. J'espère qu'il n'y a rien de grave. On était tellement contents de faire sa connaissance à Séverine. Vous pensez bien que personne n'a oublié ce qui est arrivé ici à son grand-père. Elle vous a dit ?

– Bien sûr, mentit Pivert. Mais écoutez, je ne vais pas vous raconter d'histoires. Vincent, le fils de Séverine Dombre, a disparu depuis plusieurs jours. Il est possible qu'il ait été enlevé, il est a priori toujours vivant, mais une enquête est en cours pour essayer de le retrouver. Je suis le capitaine Maurice Pivert, de la Brigade Criminelle du quai des Orfèvres, dit-il en montrant sa carte. Comme cette disparition est survenue peu après leur visite ici, nous cherchons un lien éventuel.

Delaunay pâlit.

– La Crim' ? Mais alors, c'est une affaire grave !

– Disons qu'il y a des connexions possibles avec une autre affaire dont nous nous occupons. Je ne peux pas vous en dire plus. Peut-on rendre visite à votre mère ? Je crois que c'est elle qui connaît le mieux toute l'histoire.

– Bien sûr… Elle va être terriblement secouée. Elle a près de quatre-vingt-dix ans.

– Je sais, mais c'est important. Un adolescent a disparu.

– Allons-y. Je la préviens.

*

Marie Delaunay était recroquevillée dans son fauteuil lorsque les deux hommes entrèrent dans la maison.

– Je n'en reviens pas ! Le pauvre Vincent. Vous allez le retrouver, n'est-ce pas ? dit-elle à Pivert en lui prenant les deux mains.

– Nous allons tout faire pour ça, Madame, croyez-le bien.

– Mais pourquoi venir jusqu'ici ? Pensez-vous qu'il puisse y avoir un rapport ? Cette histoire est très ancienne et, à part moi, il n'y a presque plus de survivants.

– Je voudrais quand même vous en parler. Nous avons bien examiné les notes prises par Vincent après sa visite. Si j'ai bien compris, ce drame du 8 juin 1944 a eu quelques conséquences…

Madame Delaunay se tassa encore un peu plus.

– Inutile de vous dissimuler la vérité. Ça fait si longtemps. Et les protagonistes sont morts. Mais je dois vous avouer que je n'ai pas tout dit à Séverine.

– Pourquoi donc ?

– Je ne voulais pas ternir l'image de son grand-père.

– Expliquez-moi.

– Eh bien, vous savez déjà ce qui s'est passé ici en juin 1944…

– Oui, je suis au courant.

– Tout le village en voulait terriblement à Albert Morin qui avait provoqué ce massacre par son comportement irresponsable. Il continuait à jouer au héros à quelques kilomètres d'ici, sans se montrer bien sûr. Il savait bien ! Gustave, qui s'était remis avec difficulté de ses blessures, parlait de vengeance à qui voulait l'écouter. Lorsqu'Albert a été poignardé dans le bocage et qu'on a su que Gustave n'avait aucun alibi, on s'est réunis avec lui. On ne lui a posé aucune question, mais, quand les gendarmes sont venus enquêter, tout le monde a affirmé qu'il se trouvait au café au moment du crime.

– Il a été en quelque sorte le bras armé d'une vengeance collective ?

– C'est exactement ça, Monsieur. Est-ce que vous pouvez imaginer ce que ça représente de voir vingt et un otages, pour la plupart des parents, exécutés sous nos yeux à cause de la stupidité d'un homme ? Mon frère Martin en faisait partie ! Et ça lorsque les Allemands étaient en retraite ! Il suffisait d'attendre qu'ils partent sans faire de vagues.

Les larmes jaillissaient à nouveau des yeux de Marie, comme chaque fois qu'elle évoquait ce souvenir. Pivert, ému malgré lui, lui prit la main.

– Madame, je ne juge pas. Je comprends très bien. Et comme vous le dites, c'est du passé.

– C'est après que ça s'est gâté, reprit madame Delaunay après avoir tamponné ses yeux.

– Que s'est-il passé ?

Le policier se pencha en avant. Il allait peut-être apprendre quelque chose d'intéressant.

– Eh bien, Albert avait un fils de quinze ans, Ernest, qui a été élevé par une amie à Saint-Laurent-sur-mer, pas loin d'ici. Il s'est marié à vingt ans et a eu très vite un bébé, mais…

– Quoi donc ?

– Ernest savait ce qui était arrivé à son père et avait compris qui était le meurtrier. Il promettait de se venger et il en parlait un peu à tort et à travers. Gustave l'a su et…

– Attendez, j'ai lu dans les notes de Vincent que Ernest et son épouse étaient décédés accidentellement. Ne me dites pas que…

– Philippe avait sept ans. Gustave, son père, voulait à tout prix le protéger d'une éventuelle vendetta. La maison d'Ernest a brûlé. Ils sont tous morts dans un incendie terrible. Il y avait des grenades et des munitions stockées autrefois par Albert qui ont accéléré la combustion. La maison a explosé. Les corps étaient tellement carbonisés qu'on n'a même pas pu les identifier. On les a enterrés tous les trois ensemble.

– Il y a eu une enquête ?

– Oui, elle a conclu à un incendie accidentel. Mais je suis certaine que c'est Gustave qui a fait ça. Il me l'a laissé entendre à mots couverts.

– Vous n'avez rien dit ?

– Non, répondit Marie en baissant les yeux. Je n'approuvais pas, surtout pour le bébé, mais Gustave avait déjà tellement souffert…

Pivert se demanda quels étaient les liens entre ces deux-là. Marie avait une quinzaine d'années en 1944, Gustave trente-deux. Était-elle tombée ensuite amoureuse de lui, au point de devenir par son silence complice de cet assassinat ?

– C'est pour ça que je n'ai pas raconté les détails à Séverine, ajouta la vieille dame, comme pour confirmer l'intuition du policier. Je voulais qu'elle garde une bonne image de son grand-père.

– Y a-t-il des membres de la famille ou des proches d'Albert Morin encore vivants ?

– Non, personne. L'amie qui a élevé Ernest était décédée deux ans auparavant. Au moins, elle n'aura pas vu son protégé mourir avec sa famille dans cet incendie. Et elle n'avait aucune descendance. La seule qui vit encore, à ma connaissance, est la nounou de Denis – l'enfant d'Ernest – à l'époque de l'incendie. Elle s'appelle Simone Biléard. Mais elle est en maison de retraite, et la pauvre a un Alzheimer très avancé.

– Vous savez où elle est ?

– À Notre-Dame de la Charité, à Bayeux.

Pivert se dit qu'il ferait par acquit de conscience un saut dans cet établissement, mais il ne nourrissait plus grand espoir. Cette histoire de vendetta était horrible, mais ancienne, et il n'y avait plus de survivants, à part Marie Delaunay qui portait son lourd secret. Tout le village semblait d'ailleurs vivre sous une chape de plomb, une multitude de non-dits. Sinistre.

Son portable sonna.

– Excusez-moi.

L'appel venait de Claude Chaudron. Il s'isola dans la pièce voisine.

– Maurice, je ne sais pas comment ça se passe pour toi, mais ici on a du nouveau.

– Ah ? Tant mieux, parce qu'à part une terrible et ancienne histoire de vengeance, j'ai rien à me mettre sous la dent. Tout le monde est mort depuis longtemps. Je te raconterai, mais dis-moi ce qui se passe.

– Tran a reçu un appel d'une infirmière du service qu'il avait interrogée. Elle se déclare tellement intriguée par le comportement du docteur Dombre depuis quelque temps qu'elle se demande s'il n'y a pas une relation avec le patient étranger qui doit être greffé prochainement. C'est un Albanais ! Et elle nous a donné son nom.

– Et… ?

– On est en train de faire des recherches, mais il semble qu'il ne soit pas tout à fait un angelot, si tu vois ce que je veux dire.

– Je me mets en route tout de suite ! Je serai là dans deux heures.

– Parfait. Réunion de groupe dès ton arrivée.

Chapitre 27

Tous les clignotants étaient au vert pour Dibra. Plus de fièvre, plus de toux, plus de gêne respiratoire, radio pulmonaire quasi normale. La fonction rénale demeurait médiocre, mais autorisait la greffe sans dialyse préalable. Séverine Dombre décida de le maintenir sous antibiotiques jusqu'à l'intervention. Elle aurait une chance de revoir son fils, si les truands tenaient parole. À cette évocation, elle sentit sa gorge se serrer. Elle essayait de ne pas trop penser à ce que pouvait vivre Vincent en ce moment, mais l'angoisse la submergeait à tout moment.

Le professeur Agnès Bourdin, toujours prête à rendre service, s'était libérée pour procéder au prélèvement le mardi suivant. Si elle savait dans quoi elle se trouvait entraînée… Son adjoint transplanterait le rein quelques minutes plus tard chez Dibra, dans une salle d'opération voisine. Il ne restait plus qu'à contacter le donneur pour le réhospitaliser la veille, en espérant qu'il n'ait pas attrapé une angine ou une infection quelconque !

La chance sourit à Séverine. Elle aperçut Arslan Gera qui se dirigeait vers la chambre de son « cousin » pour lui rendre visite. Après tout, peut-être était-il vraiment cousin et lié affectivement à l'Albanais ? Elle tentait de se rassurer comme elle pouvait…

Dark Ice et Blue Ice n'étaient pas là pour une fois, mais Serge Tabakovic se trouvait dans le poste infirmier. Elle aurait un interprète pour lui faciliter la tâche, sans avoir besoin d'appeler les gorilles. Moins elle les voyait, mieux elle se portait !

Cette fois, l'anesthésiste accepta de bonne grâce de traduire les informations que sa collègue donna à Dibra comme à Gera. Ce dernier parut très soulagé d'apprendre qu'on l'opérait mardi, ce qui raviva les doutes de Séverine. Était-il lui aussi menacé, ou content de pouvoir enfin donner un rein à son parent ? Quant à l'heureux receveur, il paraissait toujours aussi indifférent à son sort, ou alors il cachait bien son jeu.

Séverine passa encore un moment à régler les détails pratiques de la greffe avec le cadre et les infirmières. Hors de question qu'il y ait un loupé. Elle voulait être débarrassée de ce cauchemar au plus vite.

Elle prévint ensuite Larozière – enfin sa secrétaire, car il était en congrès – et Thervaux, qui accueillit la nouvelle avec un sourire supérieur et satisfait.

De retour dans son bureau, elle cherchait les coordonnées des « men in black » pour leur annoncer la nouvelle lorsque son téléphone sonna.

Au bout du fil, Dark Ice, qui semblait être le gorille dominant.

– Bonjour, Docteur Dombre.

– J'allais vous appeler.

– Oui, greffe prévue mardi, c'est bien ça ?

– Ah, c'est sans doute monsieur Dibra ou bien monsieur Gera qui vous a prévenu ?

– À l'instant, mais nous avions déjà renseignement.

Pourquoi se croyait-il obligé de lui dire ça ? Besoin de maintenir la pression en lui montrant qu'ils étaient au courant de tout ce qui se passait ? En tout cas, ça confirmait ce qu'elle suspectait depuis un bon moment. Ils avaient une taupe au sein du service. La même personne sans doute qui était à l'origine de sa convocation à la DGCCRF. Et parmi les candidats, Chrystel se trouvait en bonne place.

– Docteur, poursuivit Dark Ice, nous tenir parole. Dès que greffe faite, nous rendre Vincent en bonne santé. On vous donnera instructions précises mercredi pour rendez-vous. Attention, vous venir seule ! Sinon… Et éviter filature. On vous expliquera comment faire.

Chapitre 28

Le groupe s'entassait au complet dans le bureau de Claude Chaudron. L'atmosphère était fébrile. On avait enfin du nouveau, et, semblait-il, du solide !

– Bien, attaqua le commandant Chaudron. Avant de faire le point sur les avancées des uns et des autres, l'information la plus importante. Tran, à toi.

L'intéressé ne se fit pas prier.

– J'ai donc reçu un appel d'une des infirmières de l'hôpital que j'avais interrogées au début à propos du docteur Dombre. Elle m'a avoué être très intriguée par le comportement de la doctoresse ces derniers temps. Madame Dombre est devenue irritable et agressive, et l'infirmière a fini par se demander si elle n'avait pas de graves problèmes. Elle a fait le rapprochement avec un patient albanais qui est arrivé sans prise en charge, mais avec des moyens financiers considérables ; il paie tous les soins. L'homme est en permanence accompagné de deux mastards à l'air peu aimable qui font les interprètes et s'occupent des démarches administratives. Bref, cette infirmière s'inquiète…

– Mais elle est la seule à avoir remarqué ce manège ? interrogea Pivert.

– Le docteur Dombre travaille en solitaire dans son secteur et elle est plutôt secrète. Il paraît que le patron du service est ravi, car ces gens ont fait un don important pour son association de recherche. De plus, il reçoit assez souvent des patients étrangers, c'est un service prestigieux.

– Est-elle au courant pour la disparition du jeune Vincent ?

– Pour l'instant, non. Mais pour combien de temps ?

– Bref, coupa Claude, le point important…

– Oui, sourit Tran. Le point important, c'est que nous avons le nom du patient. Il s'agit d'un certain Adrian Dibra, un Albanais donc. J'ai fait des recherches. Il possède officiellement une société d'import-export, mais on le suspecte de se livrer à des activités illégales : proxénétisme, trafic de drogue… Mais aucune preuve formelle n'a encore permis de l'arrêter.

La chef de groupe ne put réprimer sa satisfaction.

– J'étais presque certaine qu'il y avait une affaire comme ça là-dessous. Vincent doit être retenu en otage !

– Et l'infirmière m'a dit que la greffe avait dû être annulée au dernier moment la semaine dernière : le sieur Dibra souffrait d'une infection pulmonaire. L'opération est reportée à mardi prochain.

– Purée ! jura Pivert. Les dates correspondent ! Ils ont dû mettre la pression lorsque la greffe a été retardée.

– Mais comment peuvent-ils programmer une greffe ? intervint Sami Helal. Ils ont un donneur sur place ?

– Pardon, j'ai oublié de le préciser. Il y a effectivement un cousin de Dibra sur place, volontaire pour donner un rein.

– Volontaire, c'est sûr ? ricana Pivert.

– Attends, c'est hypercontrôlé, répondit Tran qui s'était renseigné entre-temps. Il y a passage devant un comité spécial et devant un juge.

– Ouais…

– Attendez, dit Nathalie Machaut, le type flingué au 22 Long Rifle près de la gare du Nord et admis dans le service du docteur Dombre en état de mort cérébrale, c'était bien un Albanais également ?

– Absolument, répondit Claude. Ça fait encore une coïncidence singulière ; j'avais déjà des soupçons là-dessus.

Ce fut au tour d'Alain Versoni de réagir.

– Surtout après ce que notre collègue Bartoldi m'a raconté !

– On va y venir, reprit la chef de groupe en levant la main pour demander le silence. Un point après l'autre. Pour l'instant, il faut surtout ne pas mettre la vie de Vincent Chaumey en danger. Il est sans doute séquestré quelque part en attendant que la greffe soit réalisée. Pas question d'intervenir autrement qu'en instaurant une surveillance attentive.

– Qu'est-ce qui nous dit qu'ils vont le libérer une fois la greffe faite ?

– Rien, mais on peut penser qu'ils n'ont aucun intérêt à accumuler les meurtres sur leur passage, surtout celui d'un adolescent. Ils en ont déjà commis deux, selon toute vraisemblance. L'Albanais de la gare du Nord et le technicien de Saint-Louis. Leur objectif est de sauver leur boss. En tout cas, si on les arrête maintenant, le gamin est condamné, c'est certain. Vous pensez bien qu'ils ne le gardent pas chez eux. À propos, connaît-on leur adresse ?

– Chrystel, l'infirmière, me l'a donnée, répondit Tran. Je lui ai recommandé de garder le secret le plus absolu sur notre conversation.

– Tu as bien fait. Elle s'est mise en porte à faux vis-à-vis de sa hiérarchie et si en plus les Albanais apprennent qu'elle les a dénoncés… Donc, on met en place la surveillance. On organisera ça tout à l'heure. Maintenant, Alain, raconte-nous ton entretien avec Quentin Bartoldi.

– Eh bien, c'était très instructif. Le brigadier-chef est un type bien, et, à mon avis, mériterait plus que le commissariat où il est affecté. Il en pince manifestement pour le docteur et ne s'en est d'ailleurs pas caché.

– Et en dehors de ce détail passionnant ?

– Justement, Chef, il a son importance. Il a fait sa connaissance à l'occasion du vol de sa carte bleue. Et tenez-vous bien, le voleur n'était autre que l'Albanais assassiné quelques jours plus tard.

– Encore une drôle de coïncidence, commenta Pivert.

– Bartoldi s'intéressait donc de près à Séverine Dombre. Et il était lui aussi persuadé qu'elle avait de graves ennuis dont elle ne voulait pas parler. De plus, elle manifestait beaucoup d'intérêt pour le meurtre de Roger Marmont, mais, à l'époque, Bartoldi ne savait pas qu'elle se trouvait au laboratoire de Saint-Louis quelques heures auparavant.

– Je suis sûre qu'elle y cherchait des renseignements à propos de Dibra, remarqua Claude. Et Marmont devait être impliqué d'une façon ou d'une autre. N'oublions pas ces mouvements importants d'argent liquide sur son compte. Il a été tué pour l'empêcher de parler.

– Et l'Albanais, pourquoi l'a-t-on tué aussi ?

– Ça, ça reste un mystère pour l'instant. Peut-être madame Dombre pourra-t-elle nous donner des pistes le jour où elle se décidera à se confier. Elle s'est montrée très peu loquace lorsque nous sommes allées la voir à l'hôpital avec Nathalie, on sait maintenant pourquoi. Ange et Sami, qu'avez-vous retiré de votre visite au lycée ?

– Rien d'intéressant, reconnut Ange Robin. Personne n'a rien remarqué à la sortie de Janson de Sailly. Le gamin avait quitté ses copains au bout de la rue de la Pompe pour rejoindre son domicile rue de la Tour. Personne ne l'a vu ensuite. On a fait une enquête de voisinage auprès des commerçants, sans résultat. On a bien sûr recommandé la plus grande discrétion aux élèves interrogés et au proviseur. Si la presse apprend cette disparition, on est foutus.

– Vincent Chaumey est un élève sans histoire, compléta Sami Helal. Il est en troisième à quinze ans, et travaille bien. Il devait faire bientôt un exposé sur sa visite aux plages du Débarquement, il en parlait beaucoup.

– Ah oui, ce fameux week-end avec sa mère. Maurice, tu reviens de Normandie justement.

– Oui, et j'ai rencontré là-bas des habitants du village où résidait le grand-père du docteur et où est né son père. Ils m'ont raconté un épisode hallucinant de juin 1944.

– Qu'est-ce qui s'est passé ? demanda Alain Versoni. La majorité du groupe n'était pas au courant.

– Eh bien, peu après le Débarquement, les Allemands ont fusillé une vingtaine d'otages dans le village, dont le grand-père de Séverine Dombre. Mais par miracle, il a survécu à ses blessures.

– C'est fou, ça…

– Attendez ! L'histoire ne s'arrête pas là. Il semble que le grand-père, une fois rétabli, se soit débarrassé – avec la complicité du village – de l'homme qui, en tuant un soldat allemand, avait provoqué cette riposte sanglante. Mais, ce que madame Dombre ne sait pas, c'est que la vendetta a continué ! Le fils de l'homme tué par le grand-père voulait se venger à son tour. Or, il a brûlé dans sa maison, quelques années plus tard, avec femme et enfant.

– Ouh là ! Et pourquoi n'est-elle pas au courant ?

– La dépositaire de ce lourd secret, qui a maintenant quatre-vingt-dix ans, n'a pas voulu lui dire, pour ne pas ternir l'image de son grand-père. Elle lui a seulement parlé à mots couverts de l'élimination d'Albert Morin, le responsable du massacre.

– Quelle histoire !

– Mais j'ai dû m'en tenir là, il n'y a plus aucun survivant ni descendant à cuisiner.

– Il reste à interviewer Hubert Pélissié, reprit Claude Chaudron. Je ne sais pas si Séverine Dombre l'a informé de la disparition de son fils.

– L'homme voyage beaucoup, dit Tran.

– Il ne lui téléphone pas de temps en temps ?

– Peut-être, mais depuis un moment, il n'y a plus de communications personnelles sur le portable du docteur, en dehors des appels de l'hosto et de ceux du père de Vincent.

– Mais oui, elle nous a accusés de l'avoir mise sur écoute, se rappela Claude. Je me demande qui a pu l'avertir. Elle prétend avoir entendu des clics lors de ses appels, mais son explication n'était pas convaincante. Elle doit l'appeler d'une autre ligne maintenant. Celle de l'hôpital sans doute. Bon, il faut continuer à la pister et interroger ce Pélissié dès qu'il montre le bout de son nez.

– Ou autre chose, rigola Pivert.

– Maurice !

Parfois, le capitaine ne pouvait s'empêcher de faire preuve d'un humour troupier assez lourd…

– Et il faut suivre les estafiers de Dibra avec beaucoup de précautions, ce ne sont pas des enfants de chœur. Surveillance discrète ! Et renforcée à partir de mardi : c'est le jour de la greffe.

Chapitre 29

Peu après la visite de Pivert à Delaiseville, Séverine reçut un appel angoissé de Marie Delaunay. Elle n'en fut pas surprise : elle se doutait bien que la police explorerait toutes les pistes possibles, y compris celle de son voyage en Normandie avec Vincent. Mais Marie lui téléphonait sur son portable – le numéro qu'elle avait laissé à son fils Hervé. Et comme sa ligne était vraisemblablement sur écoute, elle ne pouvait pas donner trop de détails. Elle tâcha de la rassurer autant que possible et lui promit de la rappeler un peu plus tard. Elle le ferait de son bureau à l'hôpital.

Elle venait de raccrocher lorsqu'un appel WhatsApp s'afficha. C'était Hubert. Décidément !

– Comment vas-tu Séverine ?

– Bonjour, Hubert. Ça va à peu près, mais j'ai beaucoup de travail en ce moment.

– Ah ? Encore plus que d'habitude ? dit son amant en riant.

– Une greffe de donneur vivant est prévue la semaine prochaine. On est tous sur le pont. C'est une procédure délicate.

– Zut. Je serai à Paris ce week-end et j'espérais qu'on pourrait se voir.

– J'ai peur que ce soit difficile cette fois-ci, Hubert. Je ne vais pas être fréquentable… Trop de stress ! Quand reviens-tu ?

– Bientôt. Dans deux semaines.

– Je préférerais qu'on se voie à ce moment-là alors. Tu ne m'en veux pas trop ? Je veux être entièrement disponible quand tu viens, ajouta-t-elle d'un ton lourd de promesses.

– Bien sûr que non, je ne t'en veux pas. Appelle-moi quand tu veux. Tu ne m'as pas donné beaucoup de nouvelles ces temps-ci.

Séverine raccrocha. Elle avait réussi à temporiser sans éveiller les soupçons d'Hubert. Elle ne se sentait pas la force de le voir en ce moment : elle n'avait pas envie de le mettre au courant pour Vincent. Ce cauchemar serait-il enfin terminé dans quelques jours ? Elle avait bien perçu le reproche voilé de son amant qui, pourtant, ne se permettait jamais la moindre réflexion. C'est vrai qu'après leur dernière soirée, plutôt torride, elle l'avait un peu oublié, en raison des événements qui se bousculaient. De plus, un plan commençait à se mettre en place dans sa tête pour mettre temporairement Vincent à l'abri, au cas où elle réussirait à le récupérer sain et sauf… Et Hubert n'en faisait pas partie. Après réflexion, elle avait décidé de ne pas le mêler à ça.

Mais avant, elle devait faire une petite emplette, en prenant soin de déjouer la surveillance dont elle était sûrement l'objet.

*

Le portable du brigadier-chef Bartoldi sonna alors qu'il était en train d'enregistrer la nième plainte pour vol de la journée. Il ne reconnut pas le numéro qui s'afficha, ce qui l'étonna car, en dehors de sa famille, très peu de personnes l'appelaient sur son mobile.

– Excusez-moi un instant, dit-il au couple démoralisé qui lui faisait face.

Il sortit de la pièce, décrocha et eut la surprise d'entendre la voix de Séverine.

– Quentin ? Je ne te dérange pas trop ?

– J'ai quelqu'un dans mon bureau mais dis-moi vite. Tu as changé de portable ?

– Je t'expliquerai. C'est un portable avec carte prépayée. Tu es le seul à avoir ce numéro, alors fais très attention.

– Que se passe-t-il ? Tu joues les agents secrets maintenant ?

Le policier essayait de garder un ton enjoué, mais la confidence de Séverine l'inquiétait.

– Quentin, puis-je te voir ce week-end ? C'est très important. J'ai besoin de toi.

La voix de Séverine était tendue. Il devina qu'elle s'apprêtait enfin à lui raconter toute la vérité.

– Bien sûr. Je t'ai dit que je serai toujours là pour t'aider. Dis-moi juste quand et où ce serait, mais tu te rappelles que c'est plus facile pour moi le soir.

– Alors, samedi soir.

– Est-ce que ce serait possible le dimanche soir, plutôt ? Je suis de permanence ce week-end et je ne voudrais pas risquer d'être dérangé.

– Bon, d'accord pour dimanche soir. Mais pas rue La Fayette.

– Tu veux venir chez moi ?

Il sentit une hésitation.

– Je ne sais pas. Laisse-moi te rappeler, je te donnerai un lieu de rendez-vous. Vérifie que tu n'es pas suivi.

– À ce point ? C'est si grave ?

– Très grave. Je te rappelle ce soir.

Bartoldi raccrocha, perplexe. Il avait promis à Versoni de le prévenir s'il avait des nouvelles du docteur Dombre. Mais il préférait en savoir plus avant. Il serait toujours temps. Séverine allait peut-être seulement lui raconter ce qu'il savait déjà. Que son fils avait été enlevé, qu'elle était menacée…

Il revint s'asseoir derrière son bureau.

– Désolé pour l'interruption. Reprenons.

*

– Les zonzons ont à nouveau parlé !

– Super, Tran. Alors ?

– En dehors des appels de l'hosto, un appel de Marie Delaunay qui s'inquiétait après la visite de Maurice. Le docteur Dombre a répondu de façon plutôt lapidaire…

– Pas étonnant, elle se doute qu'elle est écoutée, pesta Claude Chaudron.

– Oui, mais ensuite elle a reçu un appel d'Hubert Pélissié qui est à Paris ce week-end et voulait la voir. Et elle a décliné l'offre en disant qu'elle était très occupée avec la préparation d'une greffe de donneur vivant et qu'elle préférait le voir dans une quinzaine de jours.

– Parfait ! Il faut saisir l'occasion et aller rendre visite à ce monsieur. C'est la seule personne que nous n'avons pas encore interrogée.

*

Hubert Pélissié accueillit Claude Chaudron et Nathalie Machaut avec sa courtoisie habituelle, mais aussi une certaine surprise.

– La Criminelle ? Que se passe-t-il donc ?

– Monsieur Pélissié, nous enquêtons sur une affaire à laquelle votre amie le docteur Séverine Dombre est mêlée.

– Séverine ? Grands Dieux, mais elle est incapable de faire du mal à qui que ce soit !

– Elle est impliquée en tant que victime de menaces d'une organisation criminelle.

– Ce n'est pas possible ! Pélissié était stupéfait.

– Pouvons-nous entrer un instant ?

– Bien entendu. Je vous prie de m'excuser, j'ai été tellement surpris…

Il les installa dans un salon au luxe discret.

– Pardonnez ma curiosité, mais comment connaissez-vous mon nom et mon adresse ? C'est Séverine qui vous les a donnés ?

– Nous allons vous expliquer, répondit la chef de groupe. Mais auparavant, puis-je vous demander quels sont vos rapports avec le docteur Dombre ?

– Nous nous sommes rencontrés il y a quelque temps chez des amis. Depuis, nous nous voyons régulièrement lors de mes passages à Paris, mais nous ne vivons pas ensemble. Je dirige un groupe spécialisé dans ce qu'on appelle pompeusement la « business intelligence » et je suis amené à voyager souvent à l'étranger pour vendre mes logiciels à des sociétés d'assurance.

– Y compris en Albanie ? demanda Nathalie Machaut, prise d'une soudaine intuition.

– J'y suis effectivement allé une ou deux fois, mais ce n'est pas vraiment un terrain propice pour mes affaires, sourit Pélissié. Je vais surtout en Amérique du Sud, en Afrique, au Liban… Je dois traiter en tout avec près de vingt-cinq pays !

– Et vous vous voyez donc lors de vos passages à Paris ?

– Oui, notre liaison est, comment dirais-je, épisodique mais régulière. Séverine est une personnalité très indépendante, vous l'avez sûrement remarqué. Elle n'a jamais vécu de façon prolongée avec un homme. Et cette relation libre nous convient à tous les deux.

– Vous a-t-elle fait part de soucis ces derniers temps ? Ou avez-vous remarqué qu'elle était inquiète ?

– Eh bien oui, il y a un mois environ, on lui a volé sa carte bancaire, ce qui est assez banal, mais, un peu plus tard, il est survenu un événement curieux.

– Quoi donc ?

– Nous communiquons le plus souvent par WhatsApp. Et, un jour, elle m'a appelé parce qu'elle ne comprenait pas un message bizarre que je lui aurais envoyé. Mais je n'avais pas envoyé de message ! Son compte avait été piraté.

– Tiens, tiens ! Et vous a-t-elle dit ce que contenait ce message ?

– Non. J'avoue que je ne lui ai pas demandé. Nous avons pensé à un acte de malveillance et modifié nos codes. Ça ne s'est jamais reproduit. Vous le savez peut-être, mais WhatsApp est assez facile à pirater.

– Elle ne vous en a pas dit davantage ?

– Non. Je me rappelle que j'ai plaisanté en lui disant que quelqu'un devait lui en vouloir, mais je ne m'imaginais pas que c'était la réalité ! Que se passe-t-il exactement ? Vous m'inquiétez…

– Savez-vous que son fils a disparu ?

Hubert Pélissié accusa le coup. Sa voix monta d'un ton dans les aigus.

– Mais non ! C'est arrivé quand ? J'ai eu Séverine au téléphone il y a quelques heures et elle ne m'a rien dit ! Elle a seulement décliné mon invitation pour ce week-end en prétextant un travail important à l'hôpital… Pourquoi ne m'a-t-elle pas mis au courant ?

– Monsieur Pélissié, restez calme. Je pense que le docteur Dombre n'a voulu vous parler de rien parce qu'elle est menacée. Nous pensons que c'est un groupe mafieux albanais qui a pris son fils en otage.

– Quoi ? Un groupe mafieux ? Mais que lui veulent-ils ?

– Nous ne pouvons pas vous donner tous les détails, continua Claude Chaudron, mais c'est en rapport avec ses activités médicales.

– Une greffe illégale, c'est ça ? Un trafic d'organes ? dit Pélissié. Je pensais que c'était impossible ici, en France…

– En principe, oui. Mais ils usent de moyens de pression particuliers. Nous vous demandons surtout de ne vous mêler de rien. Ne cherchez pas à voir le docteur Dombre ou à intervenir de quelque façon que ce soit : vous mettriez la vie de son fils, et sans doute la sienne, en danger. Nous espérons une issue favorable d'ici quelques jours. Tous nos effectifs sont mobilisés. Mais le moindre faux pas pourrait être fatal. En revanche, si elle vous appelle ou vous informe de quoi que ce soit, contactez-nous immédiatement et à tout moment. Voici ma carte.

Hubert Pélissié saisit le bristol à en-tête du ministère de l'Intérieur d'un air accablé.

– Bien sûr, soupira-t-il. Je dois repartir la semaine prochaine à Lima, mais je serai de retour dans deux semaines. Si je n'ai pas de nouvelles entre-temps, pourrez-vous m'en donner ? Je suis mort de peur. Je n'en reviens pas qu'elle ne m'ait rien dit.

À son tour, la policière prit le papier sur lequel l'homme avait griffonné ses coordonnées.

– Elle n'a rien dit à personne. Le risque serait trop grand.

*

– Il a l'air d'un type bien, dit Nathalie Machaut une fois sur le trottoir de la rue Jouffroy. Ou alors c'est un remarquable comédien. Et elle est forte, notre docteur Dombre. Je ne sais pas comment elle peut tenir le coup.

– Oui, j'espère qu'elle ne va pas exploser en vol, répondit Claude. Par principe, on essaiera de vérifier que Pélissié n'a pas eu plus de contacts qu'il le prétend avec l'Albanie. Mais avant tout, il faut resserrer au maximum le filet autour du docteur Dombre et des Albanais. Les prochains jours vont être cruciaux. Et entre-temps, je vais essayer de calmer l'anxiété de Michel Chaumey ; il appelle tous les jours.

Chapitre 30

Séverine eut beaucoup de mal à trouver le sommeil les jours suivants, avant de rencontrer Bartoldi le dimanche à la fin de son service. Elle aurait préféré le voir le vendredi ou le samedi.

Ils se retrouvèrent au Canon de la Nation à dix-neuf heures. Séverine était venue en métro, après plusieurs détours pour déjouer une éventuelle filature. Quentin ne fut pas surpris de trouver Séverine très tendue. Mais il ne fit aucune réflexion et se contenta de lui prendre la main avec douceur.

– Ça va ?

– On essaie, répondit-elle, les yeux un peu humides.

– Tu vas me raconter. Mais avant, on commande. J'ai faim !

Dès que le garçon eut apporté les plats, Séverine attaqua.

– Quentin, je t'ai appelé parce que j'ai confiance en toi, mais il faut que tu me promettes de ne rien dire à personne, y compris à tes collègues. La vie de mon fils en dépend. J'ai besoin de ton aide à titre personnel.

– Elle t'est acquise, tu le sais bien, éluda le jeune homme qui avait compris qu'il risquait de se trouver en porte-à-faux entre ses sentiments et son devoir de policier.

– Voilà, ça fait des semaines que je suis menacée par un groupe mafieux albanais qui veut me contraindre à organiser une greffe de rein pour leur boss.

– Quoi ? Ce n'est pas possible ! Ici, en France ?

– Oui. Laisse-moi t'expliquer. Ils sont d'abord venus en consultation avec lui. L'homme est atteint d'une insuffisance rénale grave et a besoin d'une greffe. Ils ont des moyens financiers considérables et sont prêts à payer tous les frais. Très vite, ils ont commencé à me harceler et à me menacer…

– Mais tu n'as pas prévenu la police ?

– Impossible, Quentin. Ils savent tout de moi et connaissent notamment l'existence de mon fils Vincent. Ils ont même mon numéro de portable. Quelqu'un les renseigne, j'en suis certaine !

La voix de Séverine était montée d'un cran. Quentin lui prit à nouveau la main, un peu plus fort.

– Calme-toi, Séverine. Continue.

– Ça a commencé par une convocation à la Répression des fraudes, à la suite d'une lettre de dénonciation ridicule m'accusant d'avoir favorisé une entreprise pour un marché. Je n'ai eu aucun mal à prouver ma bonne foi car il s'agissait d'un budget modeste ne nécessitant pas d'appel d'offres, et en plus il n'y a qu'une seule société qui fabrique le produit !

– Qu'est-ce que c'est que ce micmac…

– Mais le corbeau est forcément quelqu'un qui connaît le milieu hospitalier. Ensuite, il y a eu le vol de ma carte bancaire, en apparence banal, c'est là que je t'ai rencontré.

– Et ton voleur s'est fait descendre un peu plus tard.

– Oui, il s'appelait Baris et était en état de mort cérébrale. On a utilisé pour l'abattre un calibre 22 Long Rifle. Et à ce moment, les Albanais m'ont envoyé des messages via WhatsApp à partir du numéro de téléphone d'un ami proche. Ils avaient dû pirater mon téléphone à un moment où j'avais quitté le bureau de consultation !

– Je vois.

– Mais en plus, ils connaissaient les groupes tissulaires de mon voleur et savaient qu'il était un donneur compatible avec leur chef. C'est là où je me suis demandé s'ils n'avaient pas fait déterminer les groupes avant.

– Mais pourquoi ?

– Eh bien, ils voulaient peut-être l'utiliser comme donneur vivant en échange d'une grosse somme d'argent.

– Attends, mais c'est contrôlé tout ça ?

– Bien sûr, il y a un comité donneur vivant de cinq personnes, le juge du tribunal de grande instance, mais quelqu'un de très motivé ne peut-il pas passer au travers ? En tout cas, j'ai pensé qu'ils s'étaient peut-être débarrassés de ce type parce qu'il ne voulait plus donner son rein.

– Tu aurais dû entrer dans la police, sourit Quentin.

– Tu sais, le diagnostic médical, c'est souvent comme une enquête de police : recherche d'indices, confrontation des données…

Séverine se détendait un peu.

– Bref, c'est pour ça que j'étais allée à Saint-Louis, je voulais vérifier si le jeune Baris n'avait pas été groupé auparavant par le laboratoire d'histocompatibilité. Ce technicien, Marmont, m'a assuré que non, mais j'ai eu l'impression qu'il mentait.

– Tu pensais qu'on l'avait payé pour réaliser un groupage clandestin ? demanda Quentin, admiratif des capacités de déduction de son amie.

– J'en étais convaincue. Je ne t'ai pas tout dit sur le moment. Je voulais lui parler, le faire céder, et je l'ai attendu à la sortie de l'hôpital. J'ai assisté à son exécution.

– Oh, là là… Je comprends mieux tes questions de l'époque sur cet assassinat.

– Oui, je sais, je n'ai pas été franche. Mais je ne pouvais rien dire. Ensuite, les Albanais sont revenus en consultation avec un soi-disant cousin du malade, volontaire pour donner un rein. Il a franchi toutes les étapes et la greffe a donc été programmée…

– Mais ton patron ne s'est aperçu de rien ?

– Penses-tu ! Ils ont eu le culot d'aller le trouver et de lui proposer un énorme don pour son association de recherche. Ça l'a ébloui – ou aveuglé, si tu préfères. Et la greffe était prévue il y a quinze jours, mais le receveur a eu le malheur de faire une pneumonie et on a dû tout annuler.

– Je suppose que ça valait mieux pour lui, non ?

– Oui bien sûr, mais les deux gardes du corps sont devenus très méfiants et ils ont enlevé Vincent à la sortie du lycée pour le garder en otage en attendant que la greffe soit faite.

Elle ne put se retenir plus longtemps et éclata en sanglots. Les voisins de leur table se retournèrent d'un air intrigué.

Quentin se leva et vint la prendre dans ses bras.

– Je le savais, Séverine. La Crim' est venue m'interroger. Ils ont mis ton portable sur écoute et ont vu que tu m'avais appelé plusieurs fois.

– J'en étais sûre. Les gorilles semblaient aussi au courant que j'étais sur écoute. Je me demande qui les renseigne.

– Peut-être avaient-ils seulement des soupçons, ils sont habitués à la prudence. Viens, on va aller chez moi. Tu n'as presque rien mangé.

– Je n'ai pas faim.

Ils prirent la voiture de Bartoldi.

– Tu sais, un enquêteur de la Crim' m'a interrogé à ton sujet. Ils se doutent que tu es soumise à des pressions. Pourquoi ne leur en parles-tu pas ? Ce serait sans doute la meilleure solution.

– Il n'en est pas question ! De nouveau, la voix de Séverine grimpa dans les aigus. Ne me fais pas regretter de t'avoir fait confiance. Je ne veux prendre aucun risque pour Vincent.

– Je ne faisais qu'évoquer une possibilité. C'est toi qui décides, répondit-il en posant une main qui se voulait apaisante sur son genou.

Arrivés chez Quentin, ils s'installèrent dans le canapé et Séverine lui exposa ce qu'elle attendait de lui.

Le policier en eut d'abord le souffle coupé. Il finit par se laisser convaincre lorsqu'elle lui détailla tous les tenants et les aboutissants du problème. Mais il demeurait fort mal à l'aise vis-à-vis de ses collègues de la Crim'.

Séverine se détendit petit à petit. Elle avait posé sa tête sur son épaule, il caressait ses cheveux et respirait son léger parfum. Il aurait bien voulu en savoir le nom pour lui en offrir un flacon un jour. Il ignorait encore qu'il s'agissait de Jardins de Bagatelle de Guerlain. Bientôt, ils échangèrent des baisers de plus en plus passionnés...

Quelques heures plus tard, Séverine, apaisée, appela un taxi pour rentrer rue La Fayette. Grâce à Quentin, son plan était arrêté. Si les Albanais tenaient parole.

*

Le docteur Dombre arriva le lundi matin à l'hôpital après avoir dormi seulement quelques heures. Mais elle avait l'habitude des nuits de garde et elle se montra donc opérationnelle malgré la fatigue.

Dibra se trouvait dans un état permettant l'anesthésie générale, et ses reins avaient eu le bon goût de tenir le coup sans dialyse.

Le jeune Gera, paraissait anxieux : il était toujours en parfaite santé. Séverine trouva de nouveau Tabakovic à son chevet, se dit qu'il était là bien souvent, et en parla à Hassène, qu'elle rencontra plus loin dans le couloir.

– Je trouve que Serge est très présent dans le service ces derniers temps, c'est une impression ?

Hassène se retourna, un peu surpris.

– Mais oui, on arrive en période de vacances, et je crois qu'il a besoin de fric, il a demandé davantage de vacations et ça nous arrange. Pourquoi, ça t'ennuie ?

– Non, non, pas du tout, c'était juste une question. Ça tombe plutôt bien pendant que Dibra et son donneur sont là, puisqu'il parle albanais…

Séverine croisa le regard insistant de Chrystel, qui avait toujours une oreille qui traînait et avait donc entendu son échange avec Hassène ; elle s'en voulut. Elle finissait par soupçonner tout le monde. Et si c'était Chrystel l'informatrice des gorilles, Séverine venait de commettre une nouvelle imprudence.

Et voilà Thervaux qui arrivait ! Bien sûr, comme Larozière ne rentrait que le lendemain, il était tout gonflé de son importance de chef de service intérimaire et jouait l'inspecteur des travaux finis !

– Tout est prêt ? demanda-t-il avec un sourire condescendant. Tout juste s'il n'avait pas ajouté « cette fois » !

– A priori, tu peux dormir sur tes deux oreilles, maugréa Séverine qui mourait d'envie d'ajouter « inutile de venir m'emmerder demain matin »…

Au même instant, elle aperçut Dark Ice et Blue Ice qui attendaient sagement à la porte du service la fin de la visite. Elle préféra venir à leur rencontre.

– Tout va bien cette fois, Docteur Dombre ?

Dark Ice n'avait pas fait preuve de la même retenue que Thervaux.

– Oui, aucun problème. J'espère qu'il n'y aura pas d'imprévu.

– Nous aussi, dit Blue Ice d'une voix sépulcrale.

– Nous verrons vous demain soir pour nouvelles, reprit Dark Ice. Et aussi fixer rendez-vous si tout se passe bien, ajoute-t-il un ton plus bas.

Séverine tressaillit. *« Si tout se passe bien ? »*

Chapitre 31

Le mardi à sept heures trente, Séverine Dombre arriva à l'hôpital sous un violent orage, l'estomac noué. Tout se présentait bien, l'état des deux futurs opérés était satisfaisant.

À huit heures, le professeur Agnès Bourdin, calme et souriante comme d'habitude, se lava longuement les mains, puis enfila sa tenue stérile.

À huit heures trente, le prélèvement du rein gauche d'Arslan Gera commença. Agnès Bourdin utilisait une technique de cœlioscopie qui requérait une grande habileté mais rendait les suites opératoires beaucoup moins pénibles.

Comme toujours lors de ce type d'intervention, un silence total et une concentration extrême régnaient dans la salle d'opération. Éviter la moindre complication chez un sujet sain qui se soumettait à un prélèvement d'organe était la priorité absolue.

Pendant ce temps, dans une salle d'opération voisine, on endormait Dibra et un autre chirurgien incisait la fosse iliaque droite où serait implanté le greffon. On se tenait au courant de salle à salle, afin que le délai écoulé entre le prélèvement de l'organe et son implantation chez le receveur soit le plus bref possible – un avantage considérable par rapport à la greffe de rein de cadavre où cette durée pouvait atteindre vingt-quatre heures, voire plus, ce qui nécessitait des techniques de conservation délicates.

À dix heures trente, on apporta le rein gauche de Gera dans la salle voisine. L'emplacement pour le greffon était prêt, et le collègue d'Agnès Bourdin put aussitôt anastomoser la veine puis l'artère du rein aux vaisseaux de Dibra.

À dix heures cinquante, le chirurgien retira les pinces qui clampaient les vaisseaux, et les trois personnes réunies autour du champ opératoire observèrent avec la même émotion que d'habitude l'organe greffé se colorer et gonfler au fur et à mesure qu'il se remplissait de sang («il bande», plaisantait souvent un des spectateurs). Et cette fois ils eurent la satisfaction de voir moins d'une minute plus tard un jet d'urine s'échapper de l'uretère. La reprise de la diurèse «sur table» était toujours un bon signe. Il ne restait plus qu'à implanter l'uretère dans la vessie de Dibra et refermer la paroi. Pendant, ce temps, on emmenait le donneur en salle de réveil.

La greffe était terminée.

Dehors, l'orage avait cessé et le soleil chauffait les vieux bâtiments de l'hôpital Tenon.

Chapitre 32

Les suites opératoires s'annonçaient simples. Le soir, Arslan Gera se portait aussi bien que possible, souffrait peu, et sa température ne dépassait pas 37 degrés. Quant à Dibra, il avait uriné près de trois litres depuis l'intervention et, sur le bilan sanguin prélevé à dix-sept heures, on notait déjà une amélioration spectaculaire de la fonction du rein. Miracle de la greffe réussie…

Séverine, épuisée, s'apprêtait à rentrer chez elle lorsqu'elle aperçut la silhouette massive de Dark Ice devant le poste infirmier. Malgré sa répugnance, elle alla lui donner les bonnes nouvelles du jour. Une sorte de sourire illumina brièvement la figure patibulaire du type qui lui tendit une enveloppe.

– Nous très contents de vous, Docteur. Bravo. Ici vous avez instructions pour rendez-vous demain à seize heures. Lisez bien ce soir et suivez à la lettre ! Et bien entendu, vous venez seule.

Le cœur de Séverine s'emballa. Elle n'osait y croire : allaient-ils lui rendre Vincent déjà demain ? Sûrement, puisqu'ils lui donnaient rendez-vous. Mais ça pouvait aussi bien être un piège. Après tout, maintenant, ils n'avaient plus besoin d'elle.

À ce moment, Chrystel sortit du poste infirmier et lui jeta un regard ambigu. Avait-elle entendu leur échange ? Elle préféra ne pas approfondir la question et alla trouver Hassène Mechouk pour s'assurer qu'il serait là le lendemain après-midi. Il y avait des internes dans le service et un chef de clinique, mais ils connaissaient encore mal la transplantation et elle préférait avoir recours à un anesthésiste chevronné comme Hassène, avec qui elle travaillait depuis longtemps. Elle le trouva dans le bureau des anesthésistes, en train de remplir des dossiers.

– Ah je suis désolé, Séverine, je suis vraiment coincé demain, j'ai une obligation incontournable, je ne peux pas rester, s'excusa Hassène.

La panique s'empara de Séverine. Elle ne pouvait pas manquer la convocation des Albanais. Il lui fallait, toute honte bue, supplier Thervaux de la remplacer. Elle devrait payer ça longtemps, et à crédit, suivant une expression consacrée dans l'équipe ! Contrairement à nombre de ses collègues, le professeur Thervaux ne rendait pas volontiers ce genre de service.

– Mais je peux être là demain, moi, sans problème, intervint Serge Tabakovic.

Perturbée, Séverine ne l'avait pas entendu ouvrir la porte ! Elle eut un moment d'hésitation. Hassène comprit tout de suite.

– Tu peux avoir toute confiance, Séverine. Serge connaît bien la transplantation. Il bosse aussi à la Pitié.

Cette fois, elle était bien contente de le trouver…

– Merci, dit-elle à Tabakovic. Tu me rends un grand service. C'est rare, mais là je ne peux pas remettre ce rendez-vous.

– Pas de souci, assura le Bosniaque.

*

Séverine lisait avec attention le document remis par Dark Ice dans la fameuse enveloppe. De façon surprenante, il était écrit dans un français presque correct. Et il lui semblait avoir vu cette écriture quelque part. « Il est temps que ça s'arrête, je vire parano », se dit-elle.

Les instructions étaient effectivement très précises et témoignaient d'une parfaite connaissance du quartier où vivait Séverine. Elle devait d'abord rentrer chez elle en début d'après-midi et laisser sa Clio au parking Montholon. Ressortir un peu plus tard, descendre dans le parking comme si elle partait chercher sa voiture. Quitter le parking par l'ascenseur qui donnait dans le square Montholon. Rejoindre la rue de Rochechouart par la rue Mayran et marcher jusqu'à la station de métro Cadet. Ensuite, elle devait changer à Palais Royal pour emprunter la ligne 1, sortir à Étoile, du côté de l'avenue des Champs-Élysées, rentrer à nouveau dans la station par l'avenue de Wagram, sortir à Porte Maillot et là, prendre un taxi jusqu'à La Grande Cascade ! On l'attendrait sur le côté du restaurant gastronomique, avant le chemin qui menait à l'Auberge du bonheur, ce charmant relais pour amoureux qui se trouvait dissimulé derrière.

Ces précautions confirmèrent à Séverine que ce trajet compliqué avait pour but de rompre une filature éventuelle. Et en plein bois de Boulogne, près de La Grande Cascade, on pouvait repérer tous les véhicules arrivant dans le parking.

Elle sortit pour aller prendre un verre au Rallye du nord, tout à côté, et téléphoner à Quentin en toute sécurité. Qui sait si la police n'avait pas installé des micros chez elle ?

Puis elle se prépara à passer une nuit blanche. Cette attente était insupportable. Que lui réservait le lendemain ?

*

Il faisait un temps de rêve : ciel sans nuages, soleil et douce chaleur. Séverine tenta de se persuader qu'il s'agissait d'un présage favorable.

Arrivée tôt à l'hôpital, elle fit le tour des patients, constata avec soulagement qu'aucun problème ne s'annonçait dans l'unité de transplantation. Le donneur et le receveur se portaient comme des charmes, Dibra s'était levé et s'était alimenté. Aucune complication en vue.

Elle quitta le service après s'être forcée à avaler un sandwich et commença son périple, oppressée, une boule dans la gorge, luttant contre la tachycardie. Cet accès de bonté des mafieux était trop inattendu. Pourquoi ne gardaient-ils pas son fils jusqu'à ce que Dibra sorte de l'hôpital et quitte le pays ? Avaient-ils peur d'aller trop loin et de se faire pincer par les policiers ? Voulaient-ils se débarrasser de la mère et du fils en même temps ? Ce qui l'angoissait encore plus, c'est que même si elle réussissait à revoir son fils vivant, elle devrait l'abandonner aussitôt.

Séverine suivit les instructions avec attention, mais ne pouvait s'empêcher de regarder derrière elle à tout moment pour voir si on la suivait. Mais elle ne remarqua rien de suspect et le taxi la déposa devant La Grande Cascade avec un quart d'heure d'avance.

*

– Chef, on a un problème.

– Que se passe-t-il, Tran ? Ne me dis pas que…

– Si. Elle nous a semés. Elle est entrée dans son parking, mais elle n'est jamais ressortie.

– Purée, ce n'est pas possible Elle a dû partir avec un autre véhicule ou quitter le parking à pied ! Vous vous êtes fait avoir comme des bleus ! Elle se doute bien qu'elle est sous surveillance.

Dans la voiture banalisée, Tran et Nathalie Machaut n'en menaient pas large. Le commandant Chaudron se mettait rarement en colère, mais, quand ça arrivait, c'était « tous aux abris ». Et là, ils ne pouvaient rien objecter. Tran devait reconnaître que les heures et les jours de surveillance infructueuse et lassante avaient émoussé leurs réflexes. Il se sentait d'autant plus fautif qu'il aurait dû être alerté par le départ précoce du docteur Dombre de l'hôpital en début d'après-midi. Elle passait d'habitude toute la journée à l'hosto. Tran savait par Chrystel, son informatrice de l'hôpital, que la greffe s'était déroulée sans anicroche et qu'un des gardes du corps de Dibra avait remis le soir même une enveloppe au médecin. Que contenait-elle ? Chrystel l'avait aussi prévenu que Séverine avait demandé à un collègue de la remplacer aujourd'hui.

Non, vraiment, il n'avait aucune excuse.

– Vous n'avez plus qu'à guetter son retour. Postez-vous à deux endroits différents pour ne pas la rater !

*

La terrasse de La Grande Cascade était bondée. Ça rassura un peu Séverine. On ne pouvait quand même pas l'abattre devant tout le monde ! À moins qu'on ait prévu de l'enlever elle aussi, pour la liquider dans un endroit plus isolé ? Puis elle pensa à ce qui était arrivé à Roger Marmont en pleine rue et la peur la tenailla de nouveau.

Elle ne tarda pas à repérer une grosse BMW noire garée sur le côté du restaurant. Sûrement eux ; ils étaient déjà là. Et il devait y avoir un autre véhicule en embuscade pour surveiller les alentours. Pourvu que Quentin se soit bien dissimulé !

La porte de la BMW côté conducteur s'ouvrit et Dark Ice extirpa son imposante carcasse. Il se dirigea vers elle avec un rictus qui voulait sans doute être un sourire. Séverine sentit son cœur s'emballer. C'était le moment de vérité. Mais où était Vincent ?

– Docteur Dombre, vous êtes ponctuelle, c'est bien. Pas suivie ?

– Je ne crois pas, j'ai fait très attention. Où est Vincent ?

– Pas de problème, il arrive. Simplement, Docteur, je dois prévenir vous…

– Quoi ? Qu'est-ce qu'il a ?

Elle avait crié malgré elle.

– Vincent va très bien, Nous tenir promesse et vous rendre votre fils. Mais n'oubliez pas : aucune bêtise jusqu'à notre départ dans dix jours. Vous nous aviez bien expliqué que si tout se passait bien, monsieur Dibra sortirait hôpital huit à dix jours après greffe.

– Oui, mais il lui faut un suivi sérieux ensuite, son traitement, des examens réguliers…

Malgré la situation, le médecin refaisait surface.

– Ça notre problème, nous aurons médecin spécialiste pour suivi. Mais si indiscrétion d'ici départ, attention : votre fils toujours sous surveillance ! Vous prendriez gros risque.

Séverine était stupéfaite. Ils avaient tout prévu pour le suivi médical ? Où dénicheraient-ils un médecin qualifié ? Ils lui paraissaient un peu optimistes sur les suites immédiates de la transplantation. Oubliés les possibilités d'épisodes de rejet précoces, de complications chirurgicales ou infectieuses… Et elle se demandait toujours pourquoi ils prenaient le risque de libérer Vincent si tôt. Elle ne pouvait certes pas s'en plaindre, mais ils semblaient bien sûrs d'eux. Trop peut-être ?

Dark Ice leva la main et fit claquer ses doigts. La portière arrière de la berline s'ouvrit : Blue Ice sortit en tenant Vincent par le bras. Le garçon paraissait en bonne forme quoiqu'un peu amaigri. Il portait un bandeau sur les yeux que Blue Ice lui retira.

– Vincent ! cria-t-elle.

– Maman !

Ils tombèrent dans les bras l'un de l'autre.

– Ça va aller, mon chéri. Tout va bien aller maintenant. Ses larmes coulaient à flots, mouillant la joue de son fils.

– Ça va mieux, maman. J'ai eu très peur, dit le garçon, étrangement calme.

– Docteur Dombre, ceci pour vous, reprit Dark Ice en lui tendant une grosse enveloppe. Remerciements monsieur Dibra. Il y tient.

Reconnaissant l'enveloppe que le gorille lui avait proposée lors de la première consultation, Séverine explosa.

– Vous n'allez pas recommencer ! Je n'en veux pas, de votre sale argent. Je veux juste que vous disparaissiez de ma vie à tout jamais !

Le visage de Daci s'assombrit brusquement et Séverine eut peur d'être allée trop loin. Il remit l'enveloppe dans son veston d'un geste sec.

– Au revoir, Docteur Dombre. Vous pas oublier consignes de discrétion. Sinon, Vincent toujours en danger…

Il tourna les talons, remonta dans la BMW avec son acolyte et démarra aussitôt.

Séverine resta seule avec son fils.

Certaine que des complices des gorilles, cachés quelque part, les observaient.

– Qu'est-ce qu'on fait maintenant ? demanda Vincent.

– C'est un peu compliqué. Je dois te donner quelques explications avant.

Chapitre 33

Après avoir parlé avec Vincent à l'abri de la cascade en lisière du bois, et donc des oreilles indiscrètes, Séverine sortit son portable à carte prépayée pour appeler un taxi. Puis, en attendant qu'il arrive, elle passa un autre coup de fil à Quentin pour l'informer qu'elle avait récupéré son fils et qu'elle le retrouverait dans une vingtaine de minutes.

– Je préviendrai ton père tout à l'heure, dit-elle à Vincent. Et j'irai le voir pour essayer de le calmer, mon explication ne va pas le satisfaire.

Voilà qu'elle prenait la direction des opérations, après quinze ans de silence !

*

Dans le taxi qui les emmenait porte Maillot, Séverine serrait son fils contre elle avec tendresse, mais surveillait la lunette arrière. Une voiture noire les suivait à une centaine de mètres de distance. Elle ne s'était pas trompée.

Le taxi les laissa devant le Palais des congrès, et Séverine, tenant fermement Vincent par la main, s'enfonça dans le dédale des boutiques. Elle retrouva Quentin à l'endroit convenu, à l'entrée du cinéma UGC.

– Ne perdons pas de temps, je suis suivie, lança-t-elle.

Ils s'engouffrèrent dans un ascenseur, sortirent deux étages plus haut et se réfugièrent dans un coin tranquille.

– Vincent, je te présente Quentin Bartoldi. C'est un ami policier qui va prendre soin de toi et te mettre quelques jours à l'abri, en lieu sûr.

L'adolescent serra la main de Quentin. Il était épuisé.

– Maman, j'ai faim, réclama-t-il.

– T'inquiète, mon grand, j'y ai pensé, sourit le policier en sortant de son sac un gros sandwich.

Vincent ne se fit pas prier et mordit à belles dents dans le pain au sésame.

– Tu vas t'en sortir ? demanda Séverine à son ami. Moi, je vais bien me montrer en sortant du Palais des congrès et en me dirigeant vers le métro. Ils ne pourront pas suivre tout le monde.

– Ne t'en fais pas. J'emmène Vincent à la gare. On va prendre le train. Voyager avec un mineur en avion, ce serait plus risqué. Je t'appelle dès que possible sur ton nouveau portable.

Elle insista pour laisser de l'argent liquide à Quentin pour les billets de train et les courses de première nécessité, serra son fils dans ses bras, les yeux à nouveau humides. Aurait-elle imaginé ressentir un jour une telle tendresse pour lui ?

Puis elle embrassa Quentin sur les lèvres, sans pudeur, et partit, la peur au ventre.

*

Avant d'entrer dans le métro, Séverine se retourna une dernière fois et ne vit personne. Avaient-ils renoncé ? Avaient-ils pris Quentin et Vincent en chasse ? Cette fois, ils ne feraient pas de quartier. Elle eut brusquement envie de vomir. Elle portait seule la responsabilité de cette tentative désespérée pour mettre Vincent à l'abri : le confier à son amant pour qu'il l'accueille dans sa famille marseillaise pendant quelques jours, le temps que les Albanais sortent de sa vie. Était-ce une si bonne idée ? Quentin avait essayé de l'en dissuader. Il lui avait conseillé de s'en remettre à ses collègues de la Crim', puis il s'était laissé convaincre. Elle lui avait fait confiance, mais jouerait-il franc jeu ?

Dans le métro, elle évita d'attendre la rame au bord du quai. Quelqu'un aurait pu la pousser à l'arrivée du train. Curieux comme on acquérait rapidement certains réflexes : le téléphone à carte prépayée en espèces, les endroits à entrées multiples pour rompre les filatures…

Elle sortit à la station rue de la Pompe, se préparant à une explication orageuse avec le père de Vincent. Elle l'avait appelé le matin pour le prévenir qu'elle souhaitait le rencontrer en fin d'après midi. Seul.

*

Il était près de dix-neuf heures lorsque Tran rappela sa chef de groupe.

– Le docteur Dombre vient de rentrer chez elle. À pied, et seule.

– Okey. Laissez tomber et revenez vite au 36. Je viens d'avoir du nouveau. Il faut qu'on fasse le point.

Perplexe, Tran se tourna vers Nathalie Machaut.

– On doit rentrer à la boîte. Je ne comprends pas ce qui se passe, mais c'est urgent.

Chapitre 34

Le groupe se retrouvait une fois de plus au complet, malgré la fatigue et l'heure tardive.

– Désolée de vous avoir convoqués, mais nous avons des éléments nouveaux et décisifs qui vont modifier notre stratégie. Alain va vous expliquer.

Versoni prit la parole sans attendre.

– Voilà. Comme vous savez, j'avais établi un contact avec Quentin Bartoldi, notre collègue du commissariat du IXe.

– Un des amants du docteur, observa Pivert.

– Eh oui, les temps ont changé, les femmes aussi peuvent avoir plusieurs amants, répondit Nathalie Machaut d'un ton sarcastique.

– On se calme, dit Claude Chaudron, qui n'avait pas envie de voir la conversation dévier vers la polémique. Au fait, Alain !

– Eh bien, Bartoldi m'a appelé tout à l'heure de la gare de Lyon. Il prenait un TGV pour Marseille, où sa famille habite. Et devinez avec qui il était ?

– La reine d'Angleterre ! s'esclaffa Pivert.

Versoni ignora l'interruption.

– Vincent Chaumey, tout simplement.

Une expression de stupeur apparut sur les visages de ses collègues.

– Il disposait de peu de temps pour m'expliquer en détail, mais m'a raconté les grandes lignes de l'affaire.

– Continue, intima Claude qui jubilait.

– D'abord, tu avais raison sur toute la ligne, Claude.

– Oh, le lèche-bottes, gloussa le capitaine.

– Le gamin a bien été enlevé par les Albanais pour faire pression sur le docteur Dombre. Le gang mafieux l'a forcée à organiser cette greffe sauvage pour leur boss.

– C'est dingue, soupira Sami Helal.

– Et comme elle refusait d'entrer dans leur combine, ils l'ont harcelée et menacée de s'en prendre à son fils. Ils ont donc endormi la méfiance du Patron en faisant un don substantiel à son association de recherche. Le docteur Dombre est persuadée qu'il y a une taupe au sein du service qui les renseigne.

– Mais il sait tout ça depuis quand ? intervint Tran.

– Seulement depuis hier soir, précisa Versoni. Attendez, ce n'est pas tout. L'Albanais tué à la gare du Nord s'était probablement rétracté alors qu'il devait servir de donneur. Ses groupes avaient été déterminés clandestinement par Roger Marmont (qui a dû leur être « recommandé » par leur taupe) en échange d'une grosse somme en liquide. Ils ont également assassiné ce dernier pour éviter qu'il parle. Et en fin de compte, un donneur volontaire est apparu comme par miracle et la greffe a été programmée. Mais comme l'intervention a été reportée en raison d'une complication infectieuse survenue chez Dibra, ses gorilles ont enlevé et gardé Vincent Chaumey en otage jusqu'à la greffe.

– Effarant, dit Nathalie Machaut. Mais que s'est-il passé pour que Séverine Dombre lui balance tout hier soir ? Il était impossible de lui arracher un mot lorsqu'on l'a interrogée.

– Elle avait peur pour son fils. Mais, une fois la greffe faite, le gang, pris d'un accès de bonté inattendu, a accepté de lui rendre son gamin. Comme elle n'a aucune confiance, elle a imaginé un stratagème pour mettre Vincent à l'abri. Le docteur Dombre a demandé à Bartoldi d'emmener le garçon à Marseille, dans sa famille, le temps que l'affaire se tasse et que Dibra et ses acolytes retournent dans leur pays.

– Extravagant, commenta Ange Robin.

– Oui, mais une mère aux abois est capable de tout pour mettre en sûreté sa progéniture, dit Claude.

– Un dernier point, reprit Alain Versoni. Le docteur Dombre a fait jurer à Bartoldi de garder le silence, en particulier vis-à-vis de nous. Toujours par peur des conséquences sur son fils. Il a été confronté à un véritable cas de conscience entre sa loyauté envers elle et son devoir de policier. En plus, le gosse est mineur ! Il se trouvait malgré lui complice d'un autre enlèvement. Après avoir longuement pesé le pour et le contre, il a préféré nous prévenir.

– Bon alors, on peut foncer ! dit Pivert, impatient d'en découdre.

– Pas si vite, objecta la chef de groupe.

– Mais pourquoi donc ?

– Vincent est en sécurité, on a quelques jours. Il faut identifier la personne qui renseigne les Albanais. On va surveiller de près les gorilles. S'ils apprennent que Vincent a été mis à l'abri, ils peuvent décider de s'en prendre à la mère, mais, à mon avis, ils lui ficheront la paix. Ils ont encore besoin de son aide jusqu'à ce que leur boss quitte l'hôpital. On les cueillera à ce moment-là. Il n'y a eu aucune fuite vers les médias jusqu'à présent, ça nous laisse le champ libre.

– Il faut prévenir Michel Chaumey, non ? demanda Tran.

– Séverine Dombre l'a sûrement fait, mais on va aller le voir, acquiesça Claude.

Chapitre 35

Vers vingt-deux heures, Séverine reçut enfin un appel de Quentin. Elle sortit sur le balcon pour répondre tranquillement – toujours par crainte des micros. Ils avaient pu monter dans un TGV et étaient arrivés à bon port. L'adolescent s'entendait bien avec son garde du corps. Elle demanda à Vincent de ne pas appeler son père car leur ligne était peut-être aussi sur écoute. Elle l'avait mis au courant et le tiendrait informé à tout moment. Séverine se garda bien de préciser que l'entretien s'était révélé particulièrement orageux et qu'elle avait eu toutes les peines du monde à empêcher Michel Chaumey de contacter la police. Il avait fini par accepter de temporiser après avoir compris ce qu'elle subissait depuis des semaines et appris les meurtres déjà perpétrés.

Le jeudi matin, la fatigue et la tension eurent raison de la résistance de Séverine, qui faillit avoir une panne d'oreiller. Elle passa un rapide coup de fil à Quentin depuis l'entrée du parking, puis se mit en route pour l'hôpital. Elle s'arrêta sur le chemin pour acheter une nouvelle carte prépayée.

Dès son arrivée dans le service, elle s'enquit de l'état des deux Albanais. Tout se déroulait pour le mieux, lui précisa Chrystel d'un ton dénué de chaleur. Le rein greffé sur Dibra avait repris une fonction quasiment normale. Quant à Gera, il était question de le faire sortir en fin de semaine.

Rassurée, Séverine se rendit dans son bureau pour regarder son courrier et ses mails avant de faire la visite. Son téléphone sonna. Elle reconnut aussitôt la voix de Sukalem Daci.

– Docteur Dombre, vous pas très honnête. Nous avons été corrects avec vous. Où est Vincent ?

– Quoi ? C'est vous qui me parlez d'honnêteté ? Vincent est caché et bien caché, c'est tout.

– Vous savez, nous pouvons facilement trouver où il est.

Séverine se figea. Malgré toutes les précautions qu'elle avait prises, son fils ne semblait pas à l'abri !

– Vous feriez mieux de vous occuper de récupérer le plus vite votre patron et de le ramener dans son pays. Et votre donneur providentiel va bientôt sortir.

– Vous pourriez aussi avoir ennuis vous-même, Docteur Dombre.

– D'abord, vous avez encore besoin de moi. Ensuite, vous pouvez me faire tout ce que vous voulez, maintenant que mon fils est en sécurité.

– Il y a aussi petite sœur de Vincent, ce serait dommage…

– Je m'en fiche, ce n'est pas ma famille, cria Séverine, regrettant aussitôt ses paroles. La pauvre Léa, qui adorait Vincent, ne méritait pas d'être exposée à un tel danger.

Mais vous savez, Monsieur Daci, je peux aussi prévenir la police, ajouta-t-elle, réalisant soudain que c'était peut-être la meilleure solution, maintenant que Vincent se trouvait sous la protection de Quentin à Marseille !

– Docteur, surveillez bien votre compte bancaire jours prochains. Si vous appelez police, vous allez avoir beaucoup de mal à justifier important virement d'argent.

– Vous n'avez pas fait ça ?

– Je vous avais dit, monsieur Dibra tenait beaucoup à vous remercier.

– Mais comment avez-vous eu mes numéros de compte ?

Dark Ice raccrocha sans répondre.

Il l'avait à nouveau piégée.

*

Furieuse, Séverine déboula dans l'unité de transplantation pour chercher Tabakovic. Content ou pas, il traduirait pour Dibra ce qu'elle voulait lui dire. Après tout, l'Albanais faisait profil bas, mais c'est bien lui qui tirait les ficelles, non ?

Ni les médecins, ni les infirmières n'avaient vu l'anesthésiste. Forcément, il ne devait pas travailler aujourd'hui, puisqu'il la remplaçait la veille.

Elle appela Hassène Mechouk. Sa réponse lui fit l'effet d'une douche froide.

– Serge n'est pas dans la maison aujourd'hui, et il ne va pas revenir de sitôt, et c'est bien dommage pour notre planning de gardes. Il doit partir pour l'étranger la semaine prochaine pendant au moins un mois.

– Je ne savais pas…

– Moi non plus. Ça s'est décidé très vite, m'a-t-il dit. Un remplacement très bien payé, sans doute dans un pays du Golfe ou autre…

Séverine raccrocha en jurant. Elle se connecta à ses comptes bancaires, mais ne remarqua aucun mouvement anormal. Néanmoins, elle savait que la menace de Dark Ice était réelle. Selon toute vraisemblance, il avait activé le virement en question lorsqu'il avait constaté la disparition de Vincent. Encore quarante-huit heures et le prix de sa forfaiture apparaîtrait sur son compte. Et nul doute que ce salopard trouverait le moyen d'avertir la police ! Sa crédibilité en serait d'autant affectée.

Tout à coup, elle se rappela des paroles de Dark Ice et un affreux soupçon lui traversa l'esprit. Elle retourna dans l'unité et chercha le dossier de Dibra. Tabakovic avait rédigé les prescriptions la veille. Séverine examina l'écriture avec attention. Celle des instructions qui lui avaient été transmises pour se rendre à La Grande Cascade semblait, à première vue, différente. Mais en cherchant bien, on trouvait des similitudes frappantes sur certaines lettres.

Serge Tabakovic avait tenté de modifier son écriture, mais c'était lui qui avait rédigé ce document. Elle se félicita de l'avoir conservé. Dans la foulée, elle photographia le texte des prescriptions avec son téléphone.

Elle venait d'identifier la taupe qui renseignait les gangsters. La personne qui l'avait désignée pour organiser cette greffe, qui avait communiqué son adresse, son numéro de portable et qui l'avait dénoncée à la Répression des fraudes. Pourquoi n'y avait-elle pas pensé plus tôt ? Elle se demandait seulement comment l'anesthésiste s'était procuré son numéro de compte bancaire.

Voilà pourquoi il s'apprêtait à disparaître pendant un mois : c'est lui, le spécialiste qui devait assurer le suivi de Dibra !

Séverine était d'un caractère parfois rugueux, mais honnête. Elle se promit, lorsque cette affaire serait enfin terminée, de présenter des excuses à Chrystel, qu'elle avait soupçonnée à tort. Pour l'instant, elle devait se sortir de ce guêpier.

Chapitre 36

C'est le vendredi que la situation se dégrada. En médecine, les complications ont toujours une fâcheuse tendance à survenir la veille du week-end.

En dehors de l'orage qui grondait à l'extérieur, la matinée s'annonçait pourtant calme. Séverine avait reçu de bonnes nouvelles de Quentin (qui avait pris une semaine de congé pour l'occasion) et de Vincent. Michel Chaumey s'impatientait mais restait encore sous contrôle.

Séverine corrigeait un article dans son bureau lorsqu'elle reçut l'appel.

Au bout du fil, la voix angoissée de Pierre Housse, l'interne.

– Séverine, Dibra vient de faire un malaise, il ne va pas bien du tout.

– Merde ! J'arrive.

Elle courut jusqu'à la chambre de l'Albanais. Chrystel et l'interne étaient là ; Chrystel, en infirmière expérimentée, l'air préoccupé, l'interne, affolé. L'appareil d'électrocardiogramme était sorti. Séverine comprit tout de suite que c'était grave. Dibra était immobile, couvert de sueur, il respirait difficilement.

– Il a montré sa poitrine, je pense qu'il a mal là, dit Chrystel. Et sa tension a chuté à huit.

Pierre installait les électrodes pour enregistrer un tracé électrocardiographique. Mais Séverine savait déjà ce qu'il montrerait.

– Vite, mets-lui de l'oxygène dans le nez, prépare de la morphine, j'appelle la réa.

Le papier à électro se déroulait, confirmant les craintes de Séverine. Adrian Dibra avait fait un infarctus du myocarde étendu, et était en état de choc grave. Les complications cardiovasculaires n'étaient pas rares chez les insuffisants rénaux chroniques et ne pouvaient pas toujours être prévues. C'était même la principale cause de mortalité chez ces patients. Mais bien sûr, les gorilles de Dibra ne l'entendraient pas de cette oreille et lui en attribueraient toute la responsabilité.

Dibra fut transféré en réanimation dans le quart d'heure suivant et il fut mis sous ventilation assistée, toujours en état de collapsus cardio-vasculaire. Le pronostic était désespéré.

– Il faut envoyer un avis d'aggravation, dit Séverine au cadre de santé, d'une voix blanche.

Elle n'avait pas le courage de téléphoner elle-même à Dark Ice. Elle devait s'isoler pour réfléchir.

*

Enfermée dans son bureau, Séverine luttait contre l'angoisse. Si Dibra mourait, ce qui était plus que probable, les mafieux allaient se venger et s'en prendre à elle. La seule solution n'était-elle pas de se mettre sous la protection de la police, malgré tous les ennuis que ça lui vaudrait ?

Elle devait d'abord appeler Quentin, à qui elle s'accrochait comme à une bouée de secours. Le pauvre garçon était mal tombé avec elle ! Il sacrifiait une partie de ses congés et s'était mis dans une situation très ambiguë vis-à-vis de ses collègues… Pourrait-elle jamais le remercier ?

Le téléphone sonna à nouveau. Bon Dieu, c'était sûrement Dark Ice. Elle hésita, mais finit par décrocher. Impossible de fuir ses responsabilités.

– Mais qu'est-ce qui se passe avec Dibra ? On m'avait dit que la greffe avait pris !

Elle reconnut la voix de son patron, Jean-Pierre Larozière. Évidemment, Thervaux lui faisait des comptes rendus réguliers, sans mettre le moins du monde la main à la pâte !

– Bonjour, d'abord ! Oui, la greffe a très bien marché. Mais il a un infarctus du myocarde massif, et malheureusement son état est plus que préoccupant.

– Oh, là là… Ça la fout mal !

– Personne n'y peut rien. Je dois te laisser, je te parlerai plus tard.

Elle n'avait pas envie d'écouter les jérémiades teintées de reproches de Larozière.

*

Quentin comprit que la situation était grave. Séverine pleurait au téléphone et n'arrivait pas à placer un mot.

– Calme-toi et explique-moi, Séverine !

– C'est l'horreur, Quentin. L'Albanais greffé a fait un grave accident cardiaque, sans rapport avec la greffe, mais il va sans doute en mourir dans les heures qui viennent. Ils vont me tomber dessus pour se venger. Me supprimer. Je ne sais plus quoi faire. Je pense qu'il faut que j'appelle le commandant Chaudron, celle qui est venue m'interroger, mais je lui ai tout caché jusqu'à présent ! Elle risque de m'envoyer paître. En plus, ils m'ont piégée en effectuant un virement d'argent sur mon compte pour me compromettre.

– Ça, on s'en fout de cette histoire d'argent, Séverine. L'important est ta sécurité. Je vais contacter la Crim' moi-même. Comme je t'avais dit, un de leurs enquêteurs m'a interrogé et j'ai son numéro. Entre pros, les explications seront plus rapides. Reste à l'hôpital en attendant de mes nouvelles !

Séverine entendit en arrière-plan Vincent qui avait deviné que sa mère appelait et demandait ce qui se passait. Elle redoubla de sanglots.

– Je voudrais revoir mon fils, balbutia-t-elle, oubliant ce qu'elle avait prétendu la veille à Dark Ice.

– Pas d'affolement, ressaisis-toi, tu es forte, Séverine.

– Attends, il y a autre chose.

– Oui ?

– Je crois que j'ai identifié la personne du service qui renseignait le gang.

– Je t'ai déjà dit, tu ferais un excellent flic, dit Quentin, essayant de détendre l'atmosphère. C'est qui ?

– Un anesthésiste d'origine bosniaque qui parle albanais et faisait l'interprète. Il était présent bien souvent cette semaine et je suis sûre que c'est lui qui a rédigé le plan pour mon rendez-vous à La Grande Cascade. Il a modifié son écriture, mais il y a des similitudes évidentes. Un expert le confirmera.

En raccrochant, Quentin espéra que son amie lui pardonnerait son pieux mensonge. Mais il ne pouvait regretter d'avoir trahi sa promesse de ne rien dire à la police. Les faits lui donnaient raison.

Il composa le numéro d'Alain Versoni.

On allait déclencher l'offensive et ça ne lui déplaisait pas. Mais il mourait d'envie de rentrer à Paris avec Vincent.

Chapitre 37

Alain Versoni entra en trombe dans le bureau de sa chef de groupe et la fit sursauter. Pivert était assis à côté d'elle : ils travaillaient sur un dossier. La policière leva un sourcil, arborant l'expression qui lui était familière lorsqu'elle attendait des éclaircissements.

– Il y a du nouveau, Chef ! Et cette fois, il faut intervenir !

– Ah ?

Claude Chaudron sentit l'adrénaline se ruer dans ses artères.

– Bartoldi vient de m'appeler. Il y a du grabuge à l'hosto. Le sieur Dibra est en train de calancher ! Il a fait une crise cardiaque grave ce matin et a été transféré en réanimation. Son état est critique.

– Bon Dieu ! Ils vont s'en prendre à elle !

– Rein mal acquis ne profite jamais, énonça Pivert d'un ton sentencieux.

Malgré la gravité de la situation, Claude ne put réprimer un rire. Le capitaine ne reculait jamais devant un mauvais calembour ! Mais celui-là était pour une fois plutôt réussi.

– Alain, appelle tout de suite les autres. Il faut qu'on se partage les rôles. Une équipe à l'hôpital, une autre au domicile déclaré des Albanais. Il faudra ensuite cueillir leur complice, le dénommé Tabakovic. Finalement, le docteur Dombre n'a peut-être pas eu tort de planquer son gamin en province, mais maintenant c'est elle qu'il va falloir protéger !

*

Arslan Gera n'avait pu manquer le remue-ménage qui s'était produit autour de Dibra et il vit passer avec abattement le brancard poussé par les médecins qui l'emmenait en réanimation, flanqué des perfusions et de matériel de ventilation. Depuis, il se tenait recroquevillé dans son lit. Séverine maudit une fois de plus le barrage linguistique qui l'empêchait de communiquer avec lui. Le jeune homme semblait vraiment affecté. La situation exceptionnelle du donneur qui est toujours hospitalisé alors que le receveur perd son greffon ou, pire encore, la vie est difficile à supporter. Mais quels étaient les liens réels qu'il entretenait avec le vieux mafieux ? Les connaîtrait-elle un jour ? Cette ordure de Tabakovic n'était pas là pour traduire les paroles de réconfort qu'elle aurait voulu lui dire. Séverine se borna à lui prendre la main et à tenter de faire passer dans son regard toute la compassion possible. Elle ne pouvait quand même pas demander à un des gorilles de faire l'interprète !

Comme si l'évocation de ceux-ci avait suffi à les matérialiser tels de mauvais génies, elle aperçut la silhouette massive de Dark Ice dans le couloir. Apparemment seul. Et cette fois, son expression n'avait plus rien d'engageant.

Quentin avait recommandé à Séverine de rester dans son bureau en attendant que la police arrive. Mais elle n'avait pu se résoudre à abandonner les soins. Elle s'était juste forcée à ne pas aller en réanimation, se contentant de prendre des nouvelles de Dibra par téléphone. Celles-ci n'étaient pas bonnes. La pression artérielle ne dépassait pas six, malgré les drogues vasopressives, et il avait déjà fait un arrêt cardiaque, rattrapé par miracle. On s'attendait à une issue fatale d'un instant à l'autre.

Séverine se dirigea vers Daci. Elle ne pourrait échapper à la confrontation.

– Vous avez trouvé encore autre moyen pour faire rater cette greffe que vous n'approuviez pas, Docteur Dombre, mais cette fois ça va coûter cher à vous, lâcha-t-il entre ses dents, blanc de rage.

– Monsieur Daci, je n'y suis pour rien ! Votre patron a fait une crise cardiaque très grave, ce n'était pas prévisible.

– Vous ne vous en sortirez pas comme ça.

Séverine tourna les talons, terrorisée. Si, comme c'était probable, Dibra décédait dans la demi-heure, Dark Ice était capable de venir la flinguer dans son bureau ! Elle serait bien allée voir Larozière, mais celui-ci était parti après leur brève conversation. Un cours à la Faculté… En fait, il pétait de trouille à l'idée de devoir expliquer aux Albanais pourquoi cette greffe qui s'annonçait avec toutes les chances de succès évoluait si mal. Il avait l'air fin, après avoir empoché leur copieux don. Quant à Thervaux, plutôt mourir que d'aller quémander son aide.

Chrystel, qui avait entendu l'échange, s'isola dès qu'elle put et composa le numéro de Tran. Mais elle tomba sur le répondeur. Elle laissa un message.

– Lieutenant Tran, je me permets de vous rappeler, car j'ai l'impression que ça chauffe dans le service. Monsieur Dibra va très mal, il est en réanimation à la suite d'un problème cardiaque. Un de ses gardes du corps est là et s'est montré menaçant avec le docteur Dombre. Vous m'aviez demandé de vous prévenir s'il y avait du nouveau. Je ne pourrai peut-être pas répondre si vous rappelez.

*

Le ciel était plombé lorsque le capitaine Pivert, Ange Robin et Sami Helal arrivèrent chez les gorilles. De son côté, le commandant Chaudron se rendait à l'hôpital en compagnie de Nathalie Machaut, Alain Versoni et Tran pour une interpellation qui promettait d'être encore plus délicate.

Les policiers découvrirent avec surprise que les gangsters avaient réussi à louer un pavillon situé rue Paul Strauss en bordure de la place Octave Chanute, dans le quartier Saint-Fargeau, à deux pas du pittoresque lotissement de la Campagne à Paris. L'hôpital Tenon n'était qu'à quelques centaines de mètres. La situation du pavillon offrait plusieurs voies de dégagement possible, mais permettait aussi de surveiller les alentours. L'intervention s'annonçait difficile.

Une atmosphère paisible régnait dans le quartier. Si on gravissait les escaliers voisins, on avait l'impression de quitter la capitale pour se retrouver dans un petit village fleuri. Ses quelque quatre-vingt-dix maisons, destinées autrefois à une clientèle ouvrière aux revenus modestes, valaient aujourd'hui une fortune.

Les trois hommes, munis de leur gilet pare-balles, s'approchèrent sans bruit de la petite maison en meulière. La grille du jardinet n'était pas fermée à clé, mais elle grinça au moment où ils la poussèrent.

– Merde, jura Pivert, à qui le silence ambiant ne disait rien de bon. Il avait l'impression désagréable qu'on les observait à l'abri des fenêtres aux rideaux fermés.

Après avoir monté les marches du petit perron, ils sortirent leurs armes et le capitaine frappa à la porte.

– Police, ouvrez !

En réponse, plusieurs détonations retentirent. La partie vitrée de la porte vola en éclats sous l'effet d'une charge de gros calibre et Sami Helal poussa un cri. Les policiers avaient heureusement pris la précaution de se placer de part et d'autre de l'entrée.

– Tu es touché ? demanda Pivert.

– Juste des éclats de verre, répondit Sami en se frottant le bras.

– On aurait dû demander le renfort de l'antigang, pesta Ange Robin en vidant son chargeur à travers la vitre béante.

Dans la foulée, Pivert défonça la porte d'un coup d'épaule.

Ils entrèrent en trombe dans la maison, armes brandies. Versoni rechargea en hâte la sienne.

L'entrée était vide.

– Séparons-nous. Faites gaffe, ces fumiers sont dangereux, chuchota le capitaine.

Ils inspectèrent une à une les pièces du pavillon avec précaution. Personne.

– La cave ! cria Robin.

Au même moment, ils entendirent une porte s'ouvrir au rez-de-chaussée. Robin descendit quatre à quatre l'escalier, aperçut une silhouette massive qui s'enfuyait.

– Stop ! Police !

Pour toute réponse, le mastard se retourna et lui tira dessus. Le policier eut juste le temps de se mettre à l'abri dans l'encadrement d'une porte. Il ressortit aussitôt et tira plusieurs coups de feu en direction du tueur qui dévalait déjà le perron. C'était sa dernière chance de le neutraliser avant qu'il atteigne la rue.

Ditmir Mikullova, alias Blue Ice, s'écroula face contre terre. D'un coup de pied, Robin expédia le pistolet du gangster au loin, puis s'approcha du corps avec précaution et vérifia le pouls carotidien.

– Il est mort, dit-il, très pâle, à Pivert qui venait de le rejoindre.

– Bravo, Ange. Tu ne pouvais pas faire autrement, ne te fais aucun reproche.

Loin de se laisser gagner par la peur, Ange Robin, depuis sa grave blessure dans le métro quelques années auparavant[1], avait passé beaucoup de temps à s'entraîner au tir et aux sports de combat.

---

1. Voir *Dernier Homicide connu*, Éditions Glyphe.

– Mais quel boxon ! ajouta le capitaine. Tu parles d'une intervention discrète.

Un attroupement se formait déjà, à distance respectueuse de la maison, sur la place d'habitude si tranquille.

– Il faut prévenir le commandant, dit Sami Helal. Si l'autre zozo réagit de la même façon à l'hosto, ça va être un carnage. Il faut pourtant essayer de l'avoir vivant.

Au même moment, le tonnerre gronda. Une pluie diluvienne inonda la place Chanute et commença à former de petits torrents dans les caniveaux.

Chapitre 38

L'affolement gagnait Séverine. Pour l'instant, elle se trouvait dans la salle de réunion du service. Le réanimateur venait de lui annoncer par téléphone le décès d'Adrian Dibra. Sukalem Daci allait l'apprendre dans la minute et viendrait la chercher. Il était capable de la descendre en plein milieu du service. Elle ne voyait pas où se mettre à l'abri. Contrairement à ce que lui avait conseillé Quentin, son bureau lui paraissait le dernier endroit où se réfugier. C'est là que Dark Ice la chercherait en premier. La chambre de garde du réanimateur peut-être ? Mais pour s'y rendre, il fallait passer devant le couloir de l'unité de greffe où Dark Ice devait monter la garde. Et aucune nouvelle de Quentin ni de la police. Elle était fichue.

Son portable vibra. Elle avait eu le réflexe de le mettre en mode silencieux.

Elle reconnut avec soulagement la voix calme de Claude Chaudron.

– Docteur Dombre, ici le commandant Chaudron. Où êtes-vous ?

– Dans la salle de réunion, en face de l'entrée du service, chuchota Séverine.

– Ne bougez surtout pas, nous arrivons à l'étage.

Tétanisée, Séverine se plaqua contre le mur de la pièce, à l'abri bien sommaire d'une armoire remplie de livres.

Elle entendit soudain une cavalcade, un ordre : « Police, ne bougez pas ! Mains en l'air ! », puis un coup de feu.

Elle eut le temps de se dire que plus aucun lieu ne se trouvait à l'abri de la violence, ni les églises, ni les hôpitaux. La porte s'ouvrit à la volée, elle cria. C'était Nathalie Machaut, ceinte d'un gilet pare-balles, pistolet au poing.

– N'essayez pas de sortir, Docteur Dombre, il y a du grabuge dehors. Je reste avec vous.

– Que se passe-t-il ? J'ai entendu un coup de feu.

– L'individu nous a tiré dessus dès qu'il nous a aperçus. Il n'a touché personne. Mais il a pris une infirmière en otage.

– Mon Dieu ! Une blonde aux cheveux courts ?

– Oui.

– C'est Chrystel !

Chrystel, qu'elle avait soupçonnée à tort, se trouvait maintenant en danger de mort.

*

De part et d'autre de l'entrée du service, Claude Chaudron et Alain Versoni tenaient Dark Ice sous la menace de leurs armes. En face, à quelques mètres, le gorille avait plaqué Chrystel devant lui, le canon de son gros calibre contre la tempe de la jeune femme. Celle-ci sanglotait, livide.

Des hurlements s'élevaient en provenance du couloir. Le personnel avait disparu, se cachant où il pouvait, dans les chambres des patients ou ailleurs.

– Rendez-vous, vous n'avez aucune chance, cria le commandant.

– Vous laisser tomber armes, répondit le gangster. Sinon je la tue. Vous responsables. Moi sortir avec elle.

La situation était bloquée.

– Où est Tran ? demanda Claude à Versoni.

– Je ne sais pas.

*

Tran, qui trouvait la jeune Chrystel fort à son goût et nourrissait l'espoir secret de la revoir dans d'autres circonstances après la fin de leur enquête, n'avait aucune envie de la laisser se faire tuer par le truand. En Asiatique futé, il se doutait bien qu'il devait exister un escalier de secours à chaque étage, à l'autre extrémité du couloir. Profitant de la confusion qui suivit le coup de feu, il s'éclipsa du service et dévala l'escalier principal jusqu'à l'étage inférieur, où il eut la confirmation de son intuition.

Le lieutenant remonta l'escalier de service à pas de loup et s'engagea dans le couloir de l'unité de transplantation. Il aperçut le gorille au loin, de dos. Il devait absolument arriver près de lui sans se faire repérer, sinon Chrystel était morte.

*

Ce fut Claude Chaudron qui vit la première Tran progresser sur la pointe des pieds en direction de Dark Ice. Elle réalisa qu'il prenait un risque considérable et qu'elle ne devait surtout pas montrer qu'elle l'avait vu. Pour capter l'attention du gangster, elle recommença à l'apostropher.

– Vous n'irez pas loin de toute façon, votre complice s'est déjà fait descendre dans votre planque !

La nouvelle parut affecter Dark Ice qui relâcha un peu la pression de son arme. Mais dans la seconde suivante, il entendit un bruit feutré derrière lui et tourna la tête en appuyant à nouveau fermement le canon de son arme sur le crâne de Chrystel.

Un quart de seconde trop tard. La balle de Tran l'avait déjà cueilli entre les deux yeux. Il tira mais son arme avait dévié et le projectile se perdit dans le plafond. Chrystel hurla et tomba dans les bras du policier.

L'otage était sauvée, mais les membres du clan mafieux tous morts. Il ne resterait que le malheureux Arslan Gera à interroger, si on pouvait en tirer quelques informations.

Et il y aurait un orage médiatique aussi fort que celui qui s'abattait en ce moment sur la capitale, avec des gros titres genre « Règlement de comptes à O.K. Corral en plein hosto » ! Sans compter, bien sûr, les auditions de l'IGS puisqu'il y avait eu deux morts.

Chapitre 39

Vincent arriva avec Quentin le soir même à la gare de Lyon, plutôt heureux de son escapade. Séverine remarqua qu'une belle camaraderie s'était installée entre eux. Quentin avait très bien su établir le contact avec l'adolescent ombrageux et atténuer le traumatisme de sa séquestration comme le stress de l'attente. Elle embrassa son fils avec tendresse, le cajola, constatant avec plaisir que Vincent ne semblait pas détester ces manifestations d'affection. Puis elle serra le jeune policier dans ses bras.

– Je ne sais comment je pourrai te remercier un jour. Tu as sauvé la vie de Vincent et la mienne.

Les retrouvailles ne pouvaient cependant s'éterniser. Séverine devait ramener Vincent chez son père, qui trépignait d'impatience, et, dès le lendemain matin, tous les trois devaient être entendus au 36. Compte tenu des circonstances exceptionnelles, on lui avait autorisé ce sursis pour aller récupérer son fils à la gare. Mais demain serait un autre jour… Interrogatoire, examen médical et psychologique pour Vincent, etc.

– Séverine, je dois te faire un aveu avant que tu l'apprennes de la bouche de mes collègues.

– Quoi donc ? dit-elle, soudain sur la défensive.

– Je n'ai pas respecté la promesse que je t'avais faite. J'ai prévenu mon collègue de la Crim' que les ravisseurs avaient relâché ton fils et que je l'emmenais en province. J'ai longuement hésité, mais j'ai agi en mon âme et conscience, parce que je pensais que c'était mieux pour votre sécurité.

Séverine ne parut pas vraiment surprise.

– Je m'en suis un peu doutée quand j'ai vu la rapidité avec laquelle ils sont intervenus. Je me suis dit qu'ils devaient déjà être au courant. Quoi qu'il en soit, je ne peux guère t'en vouloir, la suite t'a donné raison.

*

Le lendemain, pendant son audition, Séverine fut informée que Serge Tabakovic avait été interpellé en fin d'après-midi à son domicile et placé en garde à vue. Il reconnaissait avoir été approché pas les Albanais et avoir accepté de les aider, attiré par l'appât d'un gain facile. C'est lui qui avait suggéré cette dénonciation à la Répression des fraudes et communiqué l'adresse et les numéros de téléphone de Séverine. Il niait en revanche avoir transmis son numéro de compte bancaire, qu'il ne connaissait pas. Soit il mentait pour minimiser son rôle, pensaient les policiers, soit les Albanais avaient réussi à se le procurer par d'autres moyens, puisqu'ils semblaient être de petits génies en informatique… Séverine demanda ce qui adviendrait de la somme virée sur son compte par le gang et apprit avec soulagement qu'elle serait saisie.

Quant à Arslan Gera, interrogé avec l'aide d'un interprète, il confirma être un cousin éloigné de Dibra, mais son désir de donner un rein avait été quelque peu stimulé par la promesse d'une lourde récompense financière (et une discrète menace de représailles sur sa famille) et il avait répété sa leçon avec le plus grand soin pour passer toutes les étapes avec succès.

Étant donné le résultat calamiteux de cette tentative de greffe illégale, on ne risquait pas de revoir les autres membres de cette mafia albanaise de sitôt.

Le principal sujet de préoccupation de Larozière était maintenant la publicité désastreuse que cette affaire ferait à son service, soupçonné d'avoir consenti à une greffe de donneur vivant dans des conditions douteuses. Séverine s'en fichait. Vu les menaces qu'elle avait subies, elle ne se jugeait pas responsable de ce qui s'était passé. Et ces épreuves avaient eu un résultat inattendu : la rapprocher de son fils et éclaircir son histoire familiale.

Malgré la différence d'âge, elle se sentait bien avec Quentin et ce n'était pas seulement dû à la reconnaissance. Le vendredi suivant, Hubert Pélissié devait dîner avec elle. Pour la première fois, elle éprouvait une certaine gêne à entretenir une relation avec deux hommes en même temps. Mais elle ne pouvait refuser l'invitation d'Hubert, qui s'était beaucoup inquiété pour elle et qui ne portait aucune responsabilité dans les événements qui venaient de secouer sa vie.

Et le reste du week-end, elle le passerait avec Vincent. Pour l'instant, il retrouvait sa famille paternelle.

Il lui manquait déjà.

Chapitre 40

Ce dimanche aurait dû être un jour de repos mérité pour le capitaine Pivert. Mais, sans en parler à personne, le capitaine prit sa voiture dans la matinée pour aller jusqu'à Delaiseville. Il avait pris congé de la famille Delaunay un peu trop vite à son goût. Et le policier éprouvait de la sympathie pour cette vieille dame qui portait un lourd fardeau et avait peut-être aimé en secret Gustave Dombre. Il voulait la rassurer en personne sur l'heureuse conclusion de l'affaire. Une visite presque privée, en quelque sorte.

L'A13 était dégagée et le trajet dura à peine deux heures.

Passé le premier instant de surprise lorsque Maurice Pivert poussa la porte du Café des voyageurs, Hervé Delaunay accueillit avec chaleur son visiteur, et encore davantage lorsqu'il apprit que Vincent avait été libéré et que l'histoire se terminait bien – sauf pour les méchants ! Pivert n'entra pas dans les détails, mais le peu qu'il raconta suffirait à alimenter les conversations de l'établissement pendant un bon moment sur le mode « dans quel monde vivons-nous »… Et il ne pouvait leur donner tort !

Pivert dut accepter l'invitation à déjeuner du patron : impossible de refuser ! Il se régala de l'andouille de Vire, de l'escalope à la crème et de la tarte Tatin, ignorant qu'il s'agissait du menu servi à Séverine et Vincent lors de leur visite. C'était le traditionnel menu du dimanche, et il était sacrément bon !

Hervé avait appelé sa mère dès l'arrivée du policier pour lui annoncer les bonnes nouvelles. Et la visite se termina par le café-calva chez Marie.

– Je vous suis tellement reconnaissante d'avoir pris la peine de venir jusqu'ici me rassurer, Commissaire.

– Capitaine, chère Madame, sourit Pivert. Marie n'écouta pas. Aucune importance, si ça lui faisait plaisir !

– Dites bien à Séverine qu'elle vienne me voir avant que je m'en aille. Et Vincent aussi !

– Je n'y manquerai pas. Mais vous n'allez pas nous quitter tout de suite, voyons !

*

Il était près de quinze heures lorsque Pivert reprit la route. Il roula à vitesse réduite jusqu'à Bayeux.

Un peu plus tard, il aperçut un panneau indiquant « Notre Dame de la Charité. EHPAD ». Il se rappela que Simone Biléard, la nourrice de feu Denis Morin, le bébé d'Ernest, y résidait. Il décida d'aller lui rendre visite. C'était sûrement inutile puisqu'elle était folle, lui avait dit Marie Delaunay, mais, après tout, il prévoyait de le faire au moment où Claude Chaudron l'avait appelé.

Situé sur la commune de Saint-Vigor-le-Grand, limitrophe de Bayeux, l'EHPAD était un petit bâtiment moderne comportant deux ailes en équerre, construit dans le style du pays, avec un toit en ardoise descendant bas sur la façade, entouré d'un vaste parc. En lisant la pancarte à l'entrée, Pivert apprit que l'établissement disposait de 74 places, dont une unité Alzheimer de 8 places.

Le capitaine entra dans un hall lumineux et demanda la chambre de Simone Biléard à l'accueil, sans arguer de sa qualité de policier. La jeune femme eut l'air un peu surprise, ce qui laissa supposer à Pivert que la résidente ne recevait pas beaucoup de visites. Pas étonnant, elle ne devait plus avoir de famille et les conversations étaient sans doute limitées vu son état.

Sans être luxueuse, la chambre était confortable et plutôt chaleureuse. Et exempte des odeurs désagréables qui assaillaient souvent le visiteur dans ce type d'établissement. Pivert se demanda si la retraite de la nourrice était suffisante pour couvrir les frais. Les EHPAD de province coûtaient moins cher qu'en région parisienne, où les tarifs atteignaient des sommets, mais quand même.

Simone Biléard, assise dans un fauteuil, regardait la télévision. Elle affichait une maigreur effrayante, mais ses cheveux blancs étaient bien coiffés et sa chemise de nuit propre. Son regard était fixe et elle donnait l'impression de ne rien suivre des conversations à l'écran. Elle ne tourna pas la tête lorsqu'il s'approcha.

Le policier se plaça dans son champ de vision et s'assit sur une chaise, face à elle. La vieille dame le regarda. Son visage demeura inexpressif. Elle ne manifestait aucun étonnement, ni aucune réaction.

– Bonjour, Madame Biléard.

La vieille dame ne répondit pas.

– Vous allez bien ? On s'occupe bien de vous ici ?

Pivert essayait de la faire parler, mais pas un mot ne sortait de la bouche de la démente.

Finalement, elle balbutia :

– Je veux… aller au lit.

– Oui bien sûr, je vais vous appeler quelqu'un, répondit Pivert, mal à l'aise.

Cette perte totale des repères était triste à voir. Simone Biléard vivait de façon végétative, même si elle avait la chance d'être bien traitée. Ce détour s'avérait inutile. Juste de quoi donner le bourdon au capitaine qui n'avait presque aucune famille et qui pouvait s'imaginer qu'un jour il finirait peut-être comme ça…

Il se leva et se dirigea vers la porte. Il lui restait à demander à l'accueil si la résidente recevait quelques visites. Ça l'énervait de n'avoir pu interroger le dernier témoin de cette vieille affaire. Mais à quoi bon ? Tout le monde était mort.

À l'instant où il quittait la chambre, il entendit la voix chevrotante de Simone Biléard l'appeler.

– C'est toi, Denis ? Ça faisait si longtemps que tu n'étais pas venu me voir.

Chapitre 41

Séverine sortit de Tenon, apaisée. Elle venait de parler un long moment avec Chrystel qui était hospitalisée, encore très choquée. L'infirmière prise comme bouclier humain par Dark Ice s'était vue mourir. Le lieutenant Tran, qui avait pris tous les risques pour lui sauver la vie, lui rendait visite tous les jours, une idylle se préparait. Ce qui faisait sourire avec indulgence sa chef de groupe, le commandant Chaudron.

Séverine s'était excusée pour ses réactions violentes et ses soupçons injustifiés dès le lendemain de la fusillade dans l'hôpital. Par la suite, elle raconta à Chrystel les pressions et le harcèlement dont elle avait été victime et les deux femmes nouèrent une nouvelle relation, cette fois pleine de franchise.

On était vendredi, Chrystel sortirait le lendemain. Et ce soir, Séverine retrouvait Hubert pour dîner. Il devait passer chez elle à dix-neuf heures pour sabler le champagne. Quant à Vincent, il appelait sa mère presque tous les jours.

La vie reprenait, différente, plus riche qu'auparavant.

*

Toujours ponctuel, Hubert sonna à l'heure dite. Séverine lui ouvrit avec un grand sourire, un peu mal à l'aise à cause de Quentin, qu'elle avait vu plusieurs fois cette semaine et auquel elle s'attachait davantage chaque jour. De plus, Vincent était devenu très complice avec le jeune policier et la différence d'âge avec sa mère ne semblait nullement le gêner. Il considérait qu'ils étaient ensemble, point barre…

– Eh bien, quelle histoire ! J'avoue que lorsque la police est venue m'interroger, je t'en ai voulu de ne m'avoir rien dit de tes ennuis. Mais j'ai compris que tu étais menacée.

– Ce n'est rien de le dire, soupira Séverine. Viens, je vais nous servir à boire.

Elle sortit une bouteille de champagne rosé du réfrigérateur. Une agréable mélodie de piano résonnait dans la pièce.

– Qu'est-ce c'est, cette musique ? Je ne connais pas.

– Ce sont des pièces pour piano de Mel Bonis, une Française qui a composé beaucoup d'œuvres pour piano et de musique de chambre entre autres, entre la fin du XIXe et le début du XXe siècle. J'aime beaucoup et je trouve qu'elle n'a pas la notoriété qu'elle mériterait.

– Oui, c'est très beau. Je me coucherai moins bête ce soir grâce à toi !

– Je prends un peu plus le temps pour écouter de la musique, maintenant.

Séverine avait la désagréable impression de meubler la conversation comme elle pouvait. Elle mit ça sur le compte de la fatigue, mais elle devait bien s'avouer qu'elle n'était pas la même lorsqu'elle était avec Quentin. Elle conservait beaucoup d'affection pour Hubert, mais la complicité s'estompait.

Hubert ouvrit la bouteille avec habileté, sans faire sauter le bouchon, et remplit les deux coupes.

Et à cet instant, on sonna à la porte.

– Tu attends quelqu'un ?

– Non, répondit Séverine, saisie d'une appréhension. Allait-elle se trouver en face d'un autre membre du gang ?

Elle regarda à travers le judas et reconnut le commandant Chaudron et le capitaine Pivert. Que lui voulaient-ils encore ? On ne pouvait pas la laisser un peu tranquille après les heures d'audition de ces derniers jours ?

Elle ouvrit la porte avec brusquerie.

– Docteur Dombre, pardonnez-nous de vous déranger, mais ce n'est pas vous que nous venons voir, dit Claude Chaudron, en pénétrant d'autorité dans l'appartement, suivie de son adjoint.

– Mais qu'est-ce que… balbutia Séverine, estomaquée.

– Monsieur Hubert Pélissié, poursuivit la policière sans daigner lui répondre, je vais vous demander de nous suivre au 36.

– Pardon ? C'est une plaisanterie ? dit l'intéressé en se levant, sa coupe de champagne rosé à la main.

– Nous n'avons pas l'habitude de faire de l'humour, surtout un samedi soir à dix-neuf heures, répondit sèchement la chef de groupe. Vous êtes sous le coup d'un mandat d'arrêt pour association de malfaiteurs et crimes commis en bande organisée.

Pélissié posa sa coupe de champagne sur la table basse. Il était très pâle.

– C'est absurde !

Pivert prit la parole.

– Pas du tout, Monsieur Pélissié. Ou devrais-je plutôt vous appeler Denis Morin ?

Le visage d'Hubert s'affaissa et il vieillit de dix ans en une seconde.

– Comment… Qu'est-ce que ça veut dire ?

– Nous avons tout découvert cette semaine, Monsieur Morin. Après ma visite à Simone Biléard à Bayeux, votre ex-nourrice qui vous a sauvé et caché pendant des années. Ça m'a demandé beaucoup de travail, mais j'ai fini par trouver. Le meurtre de Philippe Dombre est malheureusement prescrit car il date de plus de quarante ans, mais il y a bien d'autres chefs d'accusation pour vous envoyer à l'ombre un bon moment !

Il tendit les menottes à Denis Morin, qui se laissa immobiliser les mains derrière le dos sans résistance, tête baissée. Pivert posa la main sur l'épaule pour le guider vers la sortie.

Séverine était pétrifiée.

Claude lui prit le bras.

– Nous sommes désolés de cette intrusion, mais notre priorité était de vous protéger, et nous n'avons pas pu l'intercepter plus tôt. Vous ne risquez plus rien maintenant. Appelez-moi demain matin, je vous expliquerai.

À ce moment, au seuil de l'appartement, Hubert se retourna vers Séverine :

– Je ne t'ai jamais voulu de mal, Séverine. Tu dois savoir que je t'ai protégée, au contraire.

– C'est cela, oui, ricana Pivert, singeant Thierry Lhermitte dans *Le Père Noël est une ordure*, tout en le poussant dehors.

Séverine demeura seule, avec les deux coupes de champagne encore pleines, sidérée par la brutalité de la scène et de la révélation. C'était le coup de grâce.

Elle éclata en sanglots.

Chapitre 42

– Marie Delaunay ne vous a pas dit toute la vérité, attaqua Claude Chaudron.

Les deux femmes s'étaient installées à la terrasse du Café des deux palais, en face du Palais de Justice. La policière, oubliant une fois de plus son jour de repos dominical, avait proposé au docteur Dombre de s'y retrouver. Elle préférait lui raconter la fin de l'enquête de vive voix.

– Mais pourquoi ? demanda Séverine, épuisée par une nuit où elle n'avait pu trouver le sommeil.

– Elle craignait de ternir l'image de votre grand-père. Sa vengeance vis-à-vis d'Albert Morin pouvait encore passer, mais là…

– Vous voulez dire que l'incendie qui a coûté la vie à Ernest et à son épouse n'était pas accidentel ?

– Ernest savait que Gustave avait tué son père. C'était un secret de polichinelle. Et Ernest parlait de ses projets de vengeance à tort et à travers. Une vendetta se préparait et votre grand-père a voulu l'empêcher. Philippe, votre père, était tout gamin à l'époque.

– Mon Dieu, quelle horreur !

– Marie Delaunay a laissé entendre à Pivert que Gustave lui avait avoué être à l'origine de cet incendie. Maurice pense qu'elle nourrissait un tendre sentiment pour ce miraculé du village et que c'est la raison pour laquelle elle ne l'a jamais dénoncé. Et tout le monde était persuadé que le bébé faisait partie des victimes. Mais le capitaine n'a pas son pareil pour faire parler les témoins… et la situation avait un peu évolué. Marie était bouleversée par la disparition de votre fils Vincent et elle a livré son secret.

– Mais comment avez-vous fait le rapprochement avec Hubert ?

– C'est à la fois un concours de circonstances et le mélange de flair et de ténacité qui caractérise le capitaine, sourit Claude. Dans un premier temps, Pivert a laissé de côté la dernière piste qui restait à explorer dans ce drame villageois. La seule survivante, l'ex-nourrice de Denis, végétait en maison de retraite avec un Alzheimer avancé. De plus, nous avions d'autres priorités puisqu'on venait d'identifier votre fameux candidat à une greffe de rein comme étant un probable chef de gang. Et votre fils était en grand danger. Mais lorsque l'affaire a été résolue, notre ami Pivert est retourné en Normandie ! Il a d'abord été rassurer la famille Delaunay à votre sujet, puis tout naturellement s'est arrêté sur le chemin du retour à Notre-Dame de la Charité, pour rendre visite à l'ex-nourrice. Un bel établissement, moderne et chaleureux. Simone Biléard s'est bien révélée incapable de soutenir la moindre conversation, comme il s'y attendait, mais à l'instant où il prenait congé, elle l'a soudain appelé

Denis, en lui reprochant de ne pas être venu la voir depuis longtemps !

– Oui, mais venant d'une démente…

– Bien sûr. Néanmoins le capitaine a voulu vérifier. Il se demandait aussi comment une personne aux revenus sans doute modestes et sans famille pouvait assumer les frais d'une maison de retraite comme celle-ci, à moins qu'elle bénéficie d'une aide sociale à l'hébergement. Et bingo : il a appris qu'un généreux donateur anonyme réglait chaque mois la somme non couverte par la retraite de la dame !

– Je vois, reconnut Séverine, admirative.

– Dès lors, le chien de chasse était lancé. Il n'a mis qu'une semaine pour éclaircir l'affaire. Notre ami Pivert a réussi à identifier le généreux donateur qui se dissimulait derrière plusieurs comptes anonymes, un certain Hubert Pélissié. Pourquoi aidait-il Simone Biléard s'il n'avait pas une dette considérable à son endroit ? Et de quelle dette pouvait-il s'agir si ce n'est celle de lui avoir sauvé la vie ? Pivert est retourné à Saint-Laurent-sur-mer examiner les rapports de gendarmerie et interroger les voisins les plus âgés de Simone Biléard. Il s'est aperçu que les rapports avaient été rédigés un peu vite. On considérait que les trois occupants de la maison étaient morts, mais l'incendie avait été tellement violent que les squelettes n'étaient plus individualisables. Les cendres furent enterrées dans un seul cercueil. Il apprit ensuite que Simone Biléard avait quitté le village dès le lendemain du drame, pendant plusieurs années – ce qui n'étonna personne à l'époque.

Séverine suivait, fascinée, le déroulement de la quête obstinée d'un Pivert qu'elle découvrait bien différent de sa présentation quelque peu rustique de la veille au soir…

– Il a retrouvé sa trace à Caen. Elle y a vécu avec un jeune orphelin nommé… Hubert Pélissié. Eh oui, le bébé se trouvait sans doute chez elle le soir de l'incendie. Elle s'est enfuie avec lui et a réussi à lui procurer une fausse identité. Il a fait des études plutôt brillantes dans un pensionnat. Simone avait trouvé un peu de travail sur place, mais toutes ses économies ont servi à financer les études d'Hubert. Elle n'est revenue à Saint-Laurent-sur-mer que dix-huit ans plus tard. Hubert, bénéficiaire d'une bourse, avait intégré une prépa dans une école de commerce à Paris. Il a ensuite fait une belle carrière dans les affaires. Lorsque Simone Biléard a commencé à décliner il y a quelques années et qu'elle a dû être hospitalisée puis placée en maison de retraite, son ex-pupille est intervenu en secret pour lui assurer une fin de vie aussi digne que possible. Parallèlement, nous avons découvert que Pélissié nous avait menti en prétendant qu'il ne s'était rendu qu'une ou deux fois en Albanie. Il y est allé plus souvent et, avec l'aide de la division nationale d'investigations financières et fiscales, nous avons pu établir qu'il entretenait des rapports fréquents avec la société d'Adrian Dibra. Comme toujours, aucune preuve formelle, mais il est possible qu'il intervenait dans le blanchiment d'argent en profitant de ses nombreux voyages à l'étranger.

– C'est hallucinant.

– Il y a plus grave. Nous nous demandons s'il n'a pas poursuivi la vendetta familiale en provoquant la mort de votre père.

– Quoi ? Vous pensez que… ?

– Votre père est décédé alors que vous aviez deux ans, presque l'âge que Denis avait lorsque ses parents sont morts dans l'incendie. Et les circonstances de son accident demeurent mystérieuses. Mais les faits sont maintenant prescrits. Et sa rencontre avec vous, l'irruption de ce gang albanais dans votre vie professionnelle et privée ne doit sans doute rien au hasard. C'est pour ça que nous avons préféré l'appréhender dès que possible, mais en votre présence, pour le déstabiliser au maximum. Il était sous filature dès son arrivée à Paris ce week-end et nous avons compris qu'il venait passer la soirée avec vous. Nous ne voulions prendre aucun risque. Notre irruption un peu brutale dans votre appartement était volontaire. J'espère qu'il nous en dira plus pendant sa garde à vue. On peut faire confiance au capitaine Pivert, qui est en train de le cuisiner.

Chapitre 43

Séverine vécut les jours suivants dans un état second. Elle alla chercher Vincent après son entretien avec la policière et passa le reste de la journée avec lui. Ils déjeunèrent à l'Auberge du bonheur dans le Bois de Boulogne, tout près de l'endroit où elle l'avait récupéré, puis ils se promenèrent dans les jardins de Bagatelle (le nom de son parfum préféré, lui fit-elle remarquer en souriant). Il faisait un temps magnifique et ils profitaient du paysage apaisant. C'était une sensation nouvelle et rassérénante pour elle de réaliser qu'ils n'éprouvaient pas forcément le besoin de se parler. Leur relation pouvait désormais se passer de mots.

Séverine préféra ne pas aborder le sujet Pélissié tout de suite. Vincent n'était même pas au courant de son existence, et elle devait digérer les révélations du commandant Chaudron avant de lui en parler. Une sacrée femme. À la fois humaine et forte. Il en fallait de l'autorité pour diriger un groupe de la Brigade Criminelle composé en majeure partie d'hommes ! Séverine l'appréciait beaucoup.

Vincent lui demanda s'ils pourraient dîner un soir prochain avec Quentin, avant le départ en vacances. Décidément, les deux garçons s'entendaient à merveille. Elle promit. Ça lui changerait les idées ; elle en avait besoin.

*

Quelques jours plus tard, son portable sonna en pleine consultation.

– Excusez-moi, dit-elle au patient avant de s'éclipser du bureau.

Au ton du commandant Chaudron, elle comprit qu'un événement grave était survenu.

– Docteur Dombre, désolée de vous déranger, mais je dois vous annoncer une triste nouvelle.

– Ah…

– Hubert Pélissié alias Denis Morin s'est pendu dans sa cellule.

– Seigneur…

– Oui, et il n'avait rien lâché pendant sa garde à vue, malgré les efforts de Pivert.

– Et il n'a laissé aucune lettre ?

– Si. Il a laissé un pli à votre intention.

– …

– Bien entendu, il a été ouvert et photocopié, et il nous a appris beaucoup, mais je souhaiterais vous en remettre un exemplaire en mains propres puisqu'il vous est destiné.

– Bien. Voulez-vous que je passe au 36 ?

– Si vous le pouvez, oui. Je serai là jusqu'à dix-neuf heures.

Séverine raccrocha, en proie à des sentiments ambigus qu'elle avait du mal à analyser.

*

Séverine parvint à attendre d'être arrivée chez elle avant d'ouvrir l'enveloppe. Elle s'installa dans le canapé où Hubert/Denis était assis quelques jours auparavant et commença à lire les feuilles couvertes d'une écriture élégante.

*

Séverine,

Quand tu liras cette lettre, j'aurai mis fin à mes jours. Je ne supporte pas l'idée d'être emprisonné pendant des années et ma vie n'a plus aucun intérêt. Ma pauvre Simone est déjà ailleurs et ne va pas me survivre longtemps. Mais je te dois des explications avant de disparaître.

Je ne sais pas si tu imagines ce que peut être l'enfance d'un garçon caché, élevé par une femme qui n'est pas sa mère, et qui apprend à l'âge de treize ans que son grand-père, puis ses deux parents ont été assassinés par un homme ivre de vengeance. Je n'avais pas deux ans lorsque je suis devenu orphelin. Je ne garde aucun souvenir de mes parents. Mon enfance a été détruite par ton grand-père.

Alors, oui, je reconnais, je n'avais qu'une idée dès que j'ai atteint l'adolescence. Me venger. Ton grand-père était déjà mort. Ton père était parti vivre à Paris. J'y arrivai quelques années plus tard, en prépa. J'ai retrouvé la trace de ton père. Il s'était marié et tu venais de naître.

J'ai voulu te punir, je voulais que tu connaisses à ton tour le déchirement d'être privée de parents très jeune. Dès que j'avais un moment de libre, j'espionnais les allées et venues de ton père, cherchant un moment favorable pour accomplir mon dessein.

Et puis un jour, l'occasion s'est présentée d'une façon inespérée. En le suivant jusque dans l'entrée de l'agence, j'ai entendu son directeur lui rappeler qu'il avait un rendez-vous le lendemain dans un coin perdu, près des Ecrennes, en Seine-et-Marne. Ce serait un endroit discret pour opérer. J'ai séché les cours et volé une DS 21, une voiture puissante qui pouvait rattraper n'importe quel véhicule, et j'ai suivi ton père dès le matin.

Je m'étais procuré une arme à feu pour le tuer, mais une opportunité plus appropriée s'est présentée. Alors qu'il empruntait une route de campagne déserte, ton père s'est arrêté sur le bas-côté. Sans doute voulait-il satisfaire un besoin naturel. J'ai pris ma décision en un instant, j'ai écrasé l'accélérateur et j'ai heurté ton père avec violence, arrachant la portière au passage. Il est mort sur le coup. Je me suis enfui par de petits chemins. Plus loin, je me suis débarrassé de la voiture en y mettant le feu, et je suis rentré à Paris en stop.

*

Séverine interrompit sa lecture. Elle sanglotait et ses mains tremblaient. Elle comprenait pourquoi Claude Chaudron l'avait prévenue, lorsqu'elle lui avait remis la lettre, que cette confession serait pénible. Mais elle devait continuer jusqu'au bout.

*

Je sais. Ce que j'ai fait est ignoble et je n'en ai tiré aucun soulagement. J'ai laissé tomber mon projet initial de tuer aussi ta mère. Et d'ailleurs ensuite, j'ai quitté la capitale pour me lancer dans les affaires, des affaires pas toujours très propres. Je poursuivais ma descente aux enfers, mais je gagnais beaucoup d'argent.

C'est par un hasard incroyable que je t'ai retrouvée des années plus tard chez des amis communs. Tu étais devenue une belle jeune femme indépendante, une doctoresse brillante, et j'ai tout de suite ressenti une vive attirance pour toi. Mais je savais que tu étais la fille de l'homme que j'avais assassiné, et j'étais en proie à de terribles scrupules. Je sentais que tu étais une femme blessée, qui peinait à trouver son équilibre, et ça ajoutait à ma culpabilité. Et nous sommes devenus très proches. Tu ne connaissais rien de mes antécédents, mais j'espérais t'apporter un peu de sérénité.

On paie toujours l'addition à un moment ou à un autre. Mes clients albanais, dont les activités n'étaient pas très légales, c'est le moins qu'on puisse dire, m'ont demandé un jour si je connaissais un bon centre de transplantation rénale sur Paris. Je savais que leur patron était très malade. Ils étaient prêts à payer très cher. J'ai donné ton nom. Et j'ai réalisé mon erreur lorsque j'ai compris les menaces que tu commençais à subir. Tu ne m'en parlais pas, mais je sentais bien que tu avais de gros soucis.

Alors, j'ai repris contact avec eux et j'ai essayé de les persuader de te laisser tranquille, que ça ne mènerait à rien, mais évidemment, ils ne m'ont pas écouté. Il y a eu ces meurtres. Et le comble s'est produit avec l'enlèvement de Vincent.

Je ne dis pas ça pour atténuer mes fautes, mais il faut que tu saches qu'ils n'avaient nullement l'intention de te rendre ton fils. Et qu'ils comptaient aussi se débarrasser de toi, une fois Dibra sorti de l'hôpital, puisqu'ils avaient engagé cet anesthésiste pour s'en occuper. Ils n'étaient pas si fins, les deux gorilles. Même moi, qui ne suis pas médecin, je sais bien que la greffe de rein, ce n'est pas un échange standard de moteur et qu'il peut y avoir des complications, que le succès n'est pas garanti à cent pour cent. Je ne leur ai pas parlé de ça, bien sûr, il était préférable qu'ils quittent le territoire au plus vite, mais j'ai insisté pour qu'ils te rendent Vincent vivant. J'ai été jusqu'à les menacer de prévenir la police. Ils n'ont pas aimé, mais je les tenais aussi financièrement. La police a dû te dire que je « blanchissais » une partie de leurs bénéfices… Ils ont fini par céder. Mais j'ai dû leur donner tes coordonnées bancaires, que je t'avais subtilisées au début de l'affaire, à leur demande.

Oh, je ne me faisais aucune illusion, ils n'avaient sans doute pas renoncé à te tuer ensuite. Mais au moins j'avais gagné du temps, et Vincent était sauf.

Ce que je n'avais pas prévu, c'est l'ingéniosité dont tu as fait preuve pour mettre Vincent à l'abri, puis le décès brutal de Dibra, l'intervention de la police qui a permis la neutralisation définitive du gang.

J'ai cru bêtement que tout pourrait s'arranger et que nous pourrions reprendre notre vie d'avant. J'avais eu quelques craintes quand tu m'avais raconté ta visite à Delaiseville, mais heureusement tu ne connaissais pas la fin de l'histoire. Hélas, c'était sans compter avec la perspicacité de ce Pivert qui n'a de rustre que l'apparence, et qui est en fait un redoutable limier.

C'est fini, maintenant. Je veux seulement que tu saches que je regrette ce que j'ai fait à vingt et un ans. Je t'ai privée de ton père, qui n'était pour rien dans tout ça. Je n'en ai tiré aucune satisfaction, que du remords. Et je veux aussi te dire que j'ai toujours été sincère avec toi. Les circonstances empêchaient que je puisse tout te dire, tu m'aurais repoussé. Mais mes sentiments étaient réels. C'est même le seul côté positif de ma vie.

Adieu, Séverine. Avant de me balancer au bout de mon drap, ma dernière pensée sera pour toi.

*

Séverine continua à pleurer un moment.

Puis, elle rangea la dernière lettre d'Hubert / Denis avec les documents de son père. Un jour, elle montrerait tout ça à Vincent. Il avait le droit de savoir.

Un jour.

Ensuite, elle composa le numéro de Quentin. Elle devait le retrouver ce soir pour dîner. Que donnerait leur relation à long terme ? On verrait bien. Mais, pour le moment, elle ne pouvait plus attendre.

Remerciements

Merci à celles et ceux qui m'ont encouragé et aidé pendant l'élaboration de cet ouvrage, et en particulier à Nathalie et Nathalie.

Merci à Aurélie Dève pour la superbe couverture. Merci aussi à mon fidèle Moïse Fournier, qui a eu une fois le plus la gentillesse et la patience de me prendre en photo pour la 4e de couverture.

Et comme toujours, un grand merci à Eric et Rodica, Aurélie et Isabel pour leur confiance et leur aide.

Mon meilleur ami

Samedi, 14 heures

Chevauchant sa grosse Honda 1200 Crosstourer, Richard Aubrun remonte le quai Eustache Chapuis, ralentit devant les jardins de l'Europe pour profiter de la vue sur le lac d'Annecy. Le soleil se reflète sur l'eau lisse. C'est un après-midi superbe. Les vibrations du moteur lui donnent d'agréables sensations dans l'entrejambe qui lui en rappellent d'autres, toutes récentes. Bon sang, cette serveuse de La Brasserie des Européens, tombée sous le charme de son sourire ravageur et de ses yeux verts, venait de lui offrir des moments inoubliables ! Il serait bien resté encore un peu avec elle s'il n'avait eu un rendez-vous important à l'hosto.

Richard traverse le pont et tourne à fond la poignée des gaz en prenant la rue des Marquisats. Il adore ressentir la puissante accélération de sa moto. Distrait par les images obsédantes de sa matinée, il aperçoit trop tard le camion de 10 tonnes qui tourne lentement autour du rond-point pour rejoindre l'avenue du Trésum. Il veut freiner, mais il s'encastre à pleine vitesse sous le poids lourd, dans un bruit effroyable de tôles froissées. Les témoins de la collision poussent des cris horrifiés.

Le chauffeur bondit hors de son véhicule immobilisé au milieu de la chaussée. Allongé sur le dos, Richard Aubrun, le visage dissimulé sous son casque intégral fendu par la violence du choc, gît, inanimé. Du sang coule le long de sa nuque, poissant ses cheveux bouclés, une flaque s'élargit sur le bitume.

– Je n'ai rien pu faire, il s'est jeté sous mes roues, j'étais déjà engagé ! répète le camionneur affolé aux passants qui s'attroupent autour du lieu de l'accident.

Quelques minutes plus tard, un concert de sirènes annonce l'arrivée des secours.

Lundi, 15 heures,
service de réanimation de l'hôpital d'Annecy

Le docteur Armand Boitel tente à grand-peine de canaliser le flux incessant de collègues qui viennent rendre visite à Richard Aubrun. Grand, large carrure, yeux bleus et regard autoritaire, Boitel dirige son service d'une main de fer et supporte mal cette agitation qui susciterait presque de sa part une pointe de jalousie. Mais Richard Aubrun, praticien du service d'endocrinologie, est très apprécié dans l'hôpital. Toujours disponible, toujours souriant et aimable avec les patients. Difficile d'empêcher ses amis – en majorité des femmes en larmes - de prendre des nouvelles. La pancarte « Visites interdites » affichée sur la porte n'a qu'une efficacité très relative.

La silhouette chétive de Vinson apparaît à l'entrée de la chambre. Sa blouse flotte sur ses épaules en portemanteau et le regard par en dessous qu'il lance à son patron a une authentique signification : il mesure vingt centimètres de moins que lui !

– Deux policiers demandent à te voir. C'est au sujet de Richard.

Armand a l'impression de percevoir un soupçon de joie mauvaise dans le ton de Vinson, son adjoint. Il s'efforce de chasser cette idée. Certes, les relations entre les deux hommes sont médiocres, surtout depuis que Armand a été nommé chef de service à la place de Vinson. Son CV impressionnant le justifiait. Mais de là à ce que son ex-rival se réjouisse d'un tel malheur…

– J'arrive.

Les deux policiers attendent sagement dans le couloir. À défaut d'uniforme, ils portent la même tenue décontractée : jean, chemise à carreaux. Armand connaît de vue le plus âgé. Ils montrent leurs insignes pour la forme.

– Bonjour, Docteur. Capitaine Pinchot et Lieutenant Ricou. Désolés de vous déranger. Nous souhaiterions voir Richard Aubrun. Est-il en état de répondre à quelques questions ?

– Non, c'est impossible, répond Armand. Il est toujours dans le coma, son état est désespéré. Il présente des lésions hémorragiques cérébrales diffuses. Aucune intervention neurochirurgicale n'est possible et il y a maintenant des signes d'engagement.

– D'engagement ? interroge Pinchot.

– Ça veut dire que l'œdème pousse le cerveau dans le trou occipital. Et quand il y a une compression importante du tronc cérébral, c'est le coma dépassé, ou plus exactement la mort cérébrale.

Des larmes perlent aux yeux d'Armand Boitel. Derrière lui, Vinson est impassible. Cette émotion inhabituelle de la part d'un réanimateur habitué à prendre en charge des cas dramatiques pourrait surprendre les policiers, mais ils savent que le blessé est un médecin dans l'hôpital.

– Vous connaissez bien Richard Aubrun ? demande le lieutenant Ricou.

– C'est mon meilleur ami, répond Armand, les yeux de plus en plus humides.

– Docteur, pouvons-nous nous voir en particulier ?

– Bien sûr, allons dans mon bureau.

Ils quittent l'aile de réanimation, sous le regard hostile de Vinson.

Une fois la porte du bureau refermée, le capitaine Pinchot attaque.

– Docteur, à votre connaissance, Richard Aubrun avait-il des ennemis ?

– Richard, des ennemis ? Tout le monde l'adorait, en premier lieu les femmes, ajoute Armand avec un pauvre sourire. Il est toujours resté célibataire et accumulait les conquêtes.

– Justement, une maîtresse jalouse ou délaissée ?

– Je ne crois pas. Richard est toujours resté ami avec ses ex, ça faisait aussi partie de son charme. Même celles qui avaient mal vécu ses infidélités et la séparation finissaient par renouer avec lui.

– Eh bien, peut-être pas cette fois-ci, intervient Ricou. Une enquête pour tentative d'homicide volontaire est ouverte. L'expertise de la Honda de votre ami a révélé que les freins avaient été sabotés.

– Quoi ? Ce n'est pas possible !

– Vous connaissez Évelyne Garret ?

– Euh… non, ce nom ne me dit rien.

– C'est la gérante de la concession Honda à Seynod. Vous savez qu'ils ont eu récemment une liaison ?

– Non. Il ne me tenait pas toujours au courant de ses aventures. Il en avait tellement…

– Madame Garret vient d'être placée en garde à vue. La moto sortait de révision, samedi dernier, le matin même de l'accident. Le mécanicien, qui nie avoir trafiqué l'engin, a remarqué ce jour-là que sa patronne était arrivée avant lui au garage, il l'a trouvée en train de laver ses mains, couvertes de cambouis. Il a été un peu surpris, mais madame Garret bricole de temps en temps sa propre moto, alors il n'a pas insisté. Il a fait le rapprochement lorsque nous sommes venus l'interroger.

Lundi, fin d'après-midi

Au volant de sa Clio, Armand repasse dans sa tête les souvenirs de Richard.

Armand et Richard se connaissaient depuis la terminale. Malgré des caractères très différents – Richard, boute-en-train séducteur, Armand, garçon travailleur et ambitieux –, ils étaient restés inséparables pendant leurs études. Ils ont gravi ensemble les échelons jusqu'au grade de praticien hospitalier, Armand au prix d'un travail acharné, Richard grâce à son intelligence brillante et à une certaine facilité. Et, bien sûr, ils ont fait d'innombrables folies de carabins, toujours sous l'impulsion de Richard. Plus tard, Armand s'est rangé quand il a rencontré Geneviève, une ravissante infirmière brune aux yeux noisette qui travaillait aux urgences. Pour une fois, il fut plus rapide que son ami. Il faut dire que, le soir où il échangeait son premier baiser avec Geneviève,

Richard brisait le lit de la chambre de garde où il s'était enfermé avec la nouvelle anesthésiste ! L'histoire fit le tour de l'hôpital… Après bien d'autres, comme celle de la stagiaire de direction qui céda à ses avances dans son propre bureau en manifestant son plaisir un peu trop bruyamment. Ou celle de la directrice régionale d'un grand laboratoire pharmaceutique, surprise alors qu'elle se livrait à un strip-tease digne du Crazy Horse sous prétexte d'une consultation pour un nodule thyroïdien imaginaire !

Très vite, Armand a épousé Geneviève, tandis que Richard continuait sa vie de célibataire et s'orientait vers l'endocrinologie – rien d'étonnant vu son hyperactivité glandulaire – ironisaient ses collègues, soulignant qu'il aurait aussi bien pu choisir la gynécologie ! De son côté, Armand se spécialisa en réanimation et fonda une famille. Mais les deux compères se voyaient souvent, et le couple suivait d'un œil tantôt amusé, tantôt un peu inquiet, les frasques de Richard. Richard, médecin plein d'empathie mais dont le but principal semblait être de s'amuser et de séduire. Quant à Armand, il lui arrivait d'envier secrètement la liberté de son ami. Mais il tenait trop à Geneviève pour prendre le moindre risqué. Non seulement elle incarnait pour lui la beauté idéale, mais elle était en permanence d'humeur joyeuse, attentionnée et patiente, malgré les horaires démentiels et le caractère un peu rigide de son mari. Armand était conscient qu'il avait beaucoup de chance.

Lundi soir

Le dîner se termine dans un silence lourd. Armand embrasse son épouse avec tendresse. Les années écoulées et les soucis n'ont pas eu de prise sur Geneviève, dont le visage et la silhouette lui font toujours autant d'effet. Puis, il serre son fils Paul, un petit brun aux mêmes yeux noisette que sa mère, dans ses bras.

– Papa, il va guérir, tonton Richard ?

Armand resserre son étreinte. Il sait que Paul, âgé de onze ans, est très attaché à Richard, toujours prêt à le faire rire. Souvent, il apportait des jeux au petit et passait une heure à jouer avec lui. Armand, trop absorbé par son travail, était moins disponible.

– On ne sait pas encore, mon chéri. C'est très grave. Il n'ose pas lui dire qu'à son avis, tout est fichu.

Le désir de famille nombreuse d'Armand s'était heurté à la dure réalité. Geneviève et lui eurent beaucoup de mal à avoir Paul. Après plusieurs fausses couches, sa gynécologue chercha des causes d'infertilité sans en trouver, puis évoqua la fécondation in vitro. Et quand enfin, Geneviève fut enceinte, la maladie s'invita dès la naissance. Paul était atteint d'une malformation urinaire congénitale. Malgré une intervention chirurgicale précoce, une insuffisance rénale progressive s'installa et elle arrivait maintenant au terme de son évolution. Les reins ne fonctionnaient presque plus. À onze ans, Paul allait devoir être dialysé dans les prochaines semaines, en attendant une greffe.

Armand voulait donner un rein à son fils, mais il avait été écarté d'office : il souffrait depuis quelques années d'une hypertension artérielle, qui nécessitait un traitement assez lourd. Trop de risques. C'est Geneviève qui fit tout le bilan pour être donneuse. La malchance s'acharna encore sur eux. D'une part, on découvrit que Geneviève avait un rein atrophique de naissance. Aucune conséquence pour elle, mais impossible de la prélever.

D'autre part, on s'aperçut que Paul avait des groupes tissulaires très rares. Le délai d'attente pour un rein de donneur décédé risquait fort d'être long.

Jusqu'à présent, Paul, très courageux, a suivi un cursus scolaire normal. Cependant, Geneviève s'est récemment mise en disponibilité afin d'être près de lui pendant cette période délicate de passage en dialyse.

Mardi matin, 9 h 30

Anéanti de chagrin, Armand contemple le corps de son meilleur ami. Malgré les mouvements respiratoires entretenus pas le respirateur au chuintement régulier, les battements cardiaques visibles sur le scope, la couleur rose de la peau, la tension et la température normales affichées sur l'écran, Richard n'est plus. Aucune réaction aux stimulations. Ses pupilles sont dilatées, sans aucune réaction à la lumière. L'électroencéphalogramme fait tôt ce matin était désespérément plat et l'angiographie vient de confirmer qu'il n'y a plus aucune circulation sanguine à l'intérieur du cerveau. Richard est mort.

Richard avait toujours dit qu'on pouvait prélever tous ses organes s'il lui arrivait quelque chose. Les examens complémentaires indispensables ont donc été lancés. Les groupes tissulaires (HLA) sont en cours de détermination au laboratoire de Grenoble. Il faut faire vite. Pour l'instant, la pression artérielle est stable et les reins fonctionnent normalement.

Mardi, fin de matinée

– Chef, un fax de Grenoble. Ce sont les groupes tissulaires de monsieur Aubrun.

La secrétaire lui tend une feuille. « Tiens, on n'appelle déjà plus Richard Docteur, mais Monsieur. Son statut a changé », remarque Armand avec amertume.

– Merci, Angélique.

Armand s'assied pour regarder les résultats. Le ciel lui tombe sur la tête.

Richard a des groupes HLA très particuliers. Armand a en mémoire (et sur son carnet qui ne le quitte pas) les groupes rarissimes de Paul, ceux de Geneviève, et il ne lui faut que quelques secondes pour comprendre que Richard est le père biologique de Paul. C'est un véritable test de paternité qu'il a entre les mains. Il n'y a pas une chance sur un million que lui, Armand, ait des groupes HLA aussi rares.

Armand a l'impression que le sol s'ouvre sous lui. Il a du mal à reprendre son souffle. Sa douce et fidèle Geneviève… Et Richard, son inséparable ami, qu'il considérait comme un frère. Ah, ils se sont bien foutus de lui tous les deux ! Dans un accès de rage, il jaillit de son fauteuil et va débrancher le respirateur.

« Salopard ! » Pourtant, ce geste est inutile : Richard est déjà mort.

– Mais qu'est-ce que tu fabriques ?

La voix sèche de Vinson résonne dans son dos. Il se retourne d'un bloc. À la porte de la chambre, son adjoint le regarde d'un air à la fois incrédule et soupçonneux.

Livide, Armand rebranche précipitamment le tuyau du respirateur.

– Rien, je vérifiais seulement l'absence de respiration spontanée, balbutie-t-il.

– Quel intérêt ? insiste le petit Vinson, trop heureux de prendre son patron et ex-rival, toujours si brillant, en défaut. Tu sais bien qu'il n'y a plus de doute, l'angio a confirmé la mort cérébrale !

– Tu as raison, c'est stupide, reconnaît Armand, le teint crayeux, tremblant comme une feuille.

Vinson préfère avoir le triomphe modeste. Après tout, son patron a le droit d'être perturbé, son meilleur ami vient de mourir et en plus, dans son service.

– Tu veux que je t'aide à quelque chose ? dit-il d'un ton un peu radouci.

Armand prend sa décision en un instant. Il redresse sa grande carcasse.

– Oui. Peux-tu recevoir le frère de Richard qui doit passer à treize heures ? Il a bien compris que le pronostic était désespéré et il connaît la position de Richard sur le don d'organes. Je dois faire un saut chez moi et je suis au bout de mon portable si besoin. On organise le prélèvement pour la fin d'après-midi. Je vais prévenir la coordinatrice en partant.

– Pas de problème.

« Vu son efficacité, autant qu'il aille prendre un peu l'air », pense Vinson en retenant un sourire narquois.

Mardi, midi trente.

Armand conduit vite, tremblant de rage et de chagrin. Son univers construit avec patience et persévérance vole en miettes. Geneviève ne perd rien pour attendre ! Aveuglé par sa fureur, il prend un tournant sur les chapeaux de roues et évite de justesse un piéton qui traverse dans les clous. L'homme l'injurie : il répond par un doigt d'honneur comme le pire des voyous ! Lui, qui est la courtoisie même au volant... Pourvu qu'on ne l'ait pas reconnu, ça la ficherait mal.

Armand lève le pied. Pas le moment de se planter en voiture. Il tient à arriver entier pour avoir une rude explication avec celle qui l'a trahi. Et divorcer au plus vite.

Mardi, heure du déjeuner

Armand grimpe les marches du perron, ouvre la porte du pavillon à la volée et fait irruption dans la salle à manger.

Il s'arrête net sur le seuil de la pièce. Paul est assis à côté de sa mère, le teint bistre, l'air épuisé. Geneviève, surprise par cette intrusion brutale, entoure son fils de ses bras comme pour le protéger.

– J'ai dû aller le chercher à l'école, explique-t-elle. Il a vomi toute la matinée, il n'est vraiment pas bien.

« C'est l'heure de la dialyse, pense Armand. Un malheur n'arrive jamais seul ». Il fixe Paul, ne pouvant s'empêcher de chercher des ressemblances physiques avec Richard. Mais Paul est le portrait craché de sa mère.

C'est maintenant Geneviève qu'Armand scrute avec dureté, en essayant de chasser l'image de Richard lui faisant l'amour – où, d'ailleurs ? Dans cette maison ? Geneviève comprend qu'il sait tout. Ce matin, il l'a appelée pour lui dire que c'était fini pour Richard, qu'on faisait les tests en vue d'un prélèvement d'organes. Elle n'a pas osé annoncer le décès à Paul. Mais elle redoutait les résultats des groupes tissulaires. Ce qu'elle avait espéré garder secret éclate au grand jour.

Du regard, Geneviève adresse une supplication muette à Armand : « S'il te plaît, pas devant lui ! ».

La petite voix de Paul rompt le silence. « Comment va tonton Richard ? »

Lorsqu'il voit les larmes perler aux yeux de son fils et couler sur son pauvre visage marqué par la maladie, Armand sent sa colère vaciller. Il prend Paul dans ses bras.

– Il faut que tu sois courageux, mon chéri. C'est fini pour Richard. Son cerveau est trop abîmé. Il va nous quitter bientôt.

Armand voulait annoncer la mort de Richard en plusieurs étapes, mais Paul a déjà compris. Il fond en larmes. Armand pleure avec lui. Il est tout à coup submergé par une marée de tendresse. Le garçon n'est pour rien dans tout ça. Il ignore qui est son vrai père. Avant de décider s'il faut ou non en parler à Paul, Armand doit d'abord mettre les choses au point avec Geneviève et préparer l'inévitable séparation. Il sent contre lui le corps de l'enfant secoué de sanglots et cela le trouble profondément.

Geneviève et Armand consolent Paul pendant un long moment. Puis Geneviève va le coucher, lui met sur sa chaîne un CD que Richard lui a offert, *Rhapsody in Blue* de Gershwin. Exténué, Paul se calme et s'endort en quelques minutes.

Geneviève rattrape Armand qui allait repartir, le force à lui faire face et se jette dans ses bras. Elle laisse échapper un flot continu de paroles en même temps que ses larmes. Elle se libère de son lourd secret trop longtemps gardé.

– Je t'ai toujours aimé, tu le sais, Armand. Mais rappelle-toi la tension entre nous juste avant ta promotion : tu me reprochais à mots couverts de ne pas te donner d'enfants, tu semblais m'en rendre responsable, alors qu'on ne savait pas d'où venait le problème, tu étais irritable, et tu commençais ta campagne pour être nommé chef de service dans cette ambiance très conflictuelle avec Vinson. Il était impossible de te parler, on ne partageait plus rien…

– Mais non, jamais je ne t'ai reproché ça, répond Armand avec raideur. C'est vrai que j'étais stressé à l'époque, mais tu viens de le dire, je traversais une période difficile.

– Tu ne te souviens pas comment tu étais ! Je t'ai supplié plusieurs fois d'être plus attentif. Tu donnais l'impression de ne pas comprendre ce que je te disais ! Il n'y avait que l'hôpital qui comptait, et le fait que nous n'arrivions pas à fonder une famille !

Malgré ses dénégations, Armand sent le doute l'envahir. Habitué au caractère toujours égal de sa femme, n'a-t-il pas péché par orgueil et manque d'attention ? C'est vrai qu'il n'était pas à prendre avec des pincettes à cette époque et qu'il devenait aussi autoritaire à la maison que dans son service.

– Je me sentais si seule, si dévalorisée. Et pendant ce temps, Richard était toujours là, avec sa bonne humeur communicative, cherchant à dédramatiser la situation et à remettre les choses à leur place. Il prenait même ta défense lorsque je me plaignais. Il ne cherchait pas à me séduire. Mais, un soir où tu étais de garde, nous avons bu un peu, l'ambiance s'est modifiée de façon imperceptible et nous sommes tombés dans les bras l'un de l'autre.

– Comment avez-vous pu ? ici ! gronde Armand.

– Ce n'était pas ici. Mais je sais que tu ne pourras jamais me pardonner. Je t'assure que nous étions très mal tous les deux après cette folie. Nous nous sommes juré de ne jamais recommencer.

– Et bien sûr, vous avez remis ça !

– Armand, je te dois toute la vérité. Oui, ça nous est arrivé quelques fois les mois suivants. Et, à chaque fois, la culpabilité était épouvantable. Aussi bien pour moi que pour Richard qui s'en voulait à mort. Mais toi, tu continuais à te murer dans le silence, tu ne te préoccupais que de ta vie à l'hôpital, ta compétition avec Vinson, et tu poussais des soupirs exaspérés chaque fois que j'avais mes règles ! Je voulais tant qu'on reprennent notre vie d'avant. Crois-moi si tu veux, mais à aucun moment je n'ai cessé de t'aimer.

Doute, culpabilité, chagrin envahissent Armand. Geneviève n'aurait-elle pas raison ? Aveuglé par des priorités professionnelles, ne s'est-il pas comporté comme un grand égoïste ? Armand est un homme honnête. À cet instant, il sent bien qu'il doit reconnaître avoir favorisé la détresse de sa femme, son égarement.

– Au bout de six mois, d'un commun accord, nous avons décidé d'arrêter, reprend Geneviève. C'était juste impossible de continuer comme ça. D'ailleurs, on n'en avait plus envie, ni l'un ni l'autre. Nous sommes revenus à des rapports d'amitié sans aucune difficulté, la culpabilité en moins. Et c'est juste à ce moment que je suis tombée enceinte.

– Qu'a dit Richard ?

– Rien. Il a eu la délicatesse de ne jamais poser la moindre question, il sentait que je ne souhaitais pas aborder le sujet. Il se comportait comme un oncle avec Paul, c'est tout. Comme il l'aurait du reste fait si rien ne s'était passé entre nous. Moi-même, je n'étais pas certaine : on essayait si souvent. Et on attendait tellement cet enfant. Je ne voulais pas savoir et je n'ai pas eu le courage de t'en parler, d'autant que Paul est tombé très vite malade. Je sais que rien ne peut effacer tout ça, mais je t'aime, dit-elle en se serrant contre lui.

Armand, bouleversé, étreint longuement sa femme. Une révélation se fait lentement jour dans son esprit. C'est lui qui a élevé, aimé Paul. N'est-ce pas la vraie paternité, plus que les gènes ? Il pense aux parents qui ont un enfant après don de sperme et qui l'aiment comme si c'était leur propre enfant. Paul est son fils et restera son fils. Il ne doit rien savoir. Richard restera toujours pour lui tonton Richard. Armand doit pardonner. Pour Paul et pour eux.

Comme si elle avait entendu ses pensées, Geneviève ajoute :

– J'ai porté ce poids sur ma conscience pendant toutes ces années, mais dans mon esprit une chose est certaine : c'est notre enfant, l'enfant de notre amour. Nous l'avons chéri, élevé, soigné ensemble. Tu es son père. C'est toi qu'il aime.

La voix étranglée par l'émotion, Armand lâche dans un souffle :

– Je t'aime, mon amour, je vous aime tous les deux. Pardon de ne pas avoir été là quand il le fallait.

Ils demeurent longtemps immobiles, collés l'un à l'autre. Armand sent l'apaisement le gagner.

La vie va continuer.

Mardi, 14 h 30

Sur le chemin du retour, Armand s'arrête devant l'embarcadère. Le Cygne est à quai. Ce bateau sur lequel ils sont si souvent montés, Richard et lui, pour de grandes fêtes sur le lac. Il décide de s'offrir un quart d'heure de plus et un pot dans un des bars du quai Perrière.

Armand est assailli par des pensées dont il n'arrive pas à avoir honte. Le prélèvement d'organes ayant lieu à Annecy, un des reins leur sera attribué en priorité par l'Agence de biomédecine s'ils ont un receveur compatible. Or, le don a beau être anonyme, il n'est pas difficile de deviner que Paul sera en première ligne. Il est déjà inscrit sur la liste d'attente, et il aura la chance d'avoir un donneur compatible avec ses groupes rares. Armand sourit intérieurement. Son fils va pouvoir être greffé avant même d'être dialysé ! Il en oublierait presque tout ce qu'il vient d'apprendre. Après ces années de galère rythmées par la maladie, ils vont enfin être heureux. Et, ironie du sort, c'est grâce à Richard que Paul pourra retrouver une vie presque normale au prix d'un traitement antirejet à vie.

Indifférent aux regards étonnés de ses voisins, Armand lève son verre comme si son meilleur ami était là.

– À la tienne, mon vieux Richard !

Mardi, 15 heures

En entrant dans la chambre de Richard, Armand devine qu'il y a un problème dès qu'il aperçoit Vinson, dont le visage ingrat exprime un mélange de mépris et de satisfaction. Lorsqu'il s'approche de lui, son adjoint fronce ostensiblement le nez, histoire de lui faire comprendre qu'il a senti l'odeur de l'alcool.

– Que se passe-t-il ?

– Assieds-toi, il y a un gros souci.

Saisi d'appréhension, Armand se laisse tomber sur le fauteuil destiné aux visiteurs.

– C'est vraiment pas de pot, il avait des groupes intéressants, assène Vinson avec un brin de cruauté.

Bien sûr, pendant l'absence d'Armand, il a pris connaissance des résultats et tout compris, ce salaud. La plupart des membres du service avaient entendu parler des groups rarissimes de Paul.

– Figure-toi que ton ami Richard était séropositif. On ne peut pas le prélever.

Armand, pétrifié, est incapable d'articuler un mot.

– Pas étonnant, insiste son adjoint, quand on saute sur tout ce qui bouge…

Boitel n'a même pas la force de lui envoyer son poing dans la figure.

– Oh, ça semble récent, ajoute Vinson d'un ton mielleux, comme pour le tranquilliser. Il s'était fait faire une sérologie ici l'an dernier et elle était négative. Je ne sais pas s'il était au courant de sa séroconversion, mais il a eu le temps de contaminer au moins sa dernière maîtresse, la gérante de la concession Honda. Madame Garret a avoué qu'elle avait saboté les freins de sa moto pour se venger : elle venait d'apprendre sa séropositivité. Et comme elle n'avait qu'un partenaire…

Armand ne réagit toujours pas. Ses pensées se bousculent dans sa tête. Il n'éprouve même plus de colère envers son ex-rival, qui vient de lui annoncer avec une jubilation malsaine l'affreuse nouvelle.

Son meilleur ami est mort et ne peut offrir un de ses reins à Paul, son ultime cadeau. Son fils est malade et Armand devra l'accompagner et le soutenir longtemps.

Le reste n'a plus aucune importance.

Cette fois, c'est Vinson qui va débrancher le respirateur.

En France, comme ailleurs, un certain nombre d'enfants ne sont pas élevés par leur père biologique. Le pourcentage exact est évidemment impossible à connaître. Selon les études – et la région –, il varie entre deux et dix.

Un grand merci à Richard Martin Jordan pour son aide, ainsi qu'à Fabienne pour ses suggestions.

Merci aussi à l'équipe des Pontons flingueurs, sans qui je n'aurais jamais écrit cette nouvelle, publiée dans leur quatrième recueil et remaniée pour cette nouvelle édition.

Chez le même éditeur (Polars et thrillers)

Chris Costantini. *Lames de fond*
Jean-Paul Copetti. *Les Sanglots des Danaïdes*
Eric de L'Estoile. *L'Effleure du mal*
Caroline de Costa. *Cloné*
Denis Labayle. *Correspondance Châtelet*
Philippe Le Douarec. *Glaciales Glissades*
Maurice Lecœur. *Le Meurtre de Lily-Rose*
Louis Raffin. *Le Message de Proteus*

Achevé d'imprimer par Corlet Numéric, Z.A. Charles Tellier, 14110 Condé-en-Normandie
N° d'imprimeur : 157465 - Dépôt légal : mai 2019 — *Imprimé en France*